www.loqueleo.com/es

Avenida de los Artesanos, 6. 28760 Tres Cantos (Madrid)
Teléfono: 91 744 90 60

ISBN: 978-84-9122-339-9
Depósito legal: M-37.466-2018
Printed in Spain - Impreso en España

Segunda edición: octubre de 2019

Directora de la colección:
Maite Malagón
Editora ejecutiva:
Yolanda Caja
Dirección de arte:
José Crespo y Rosa Marín
Proyecto gráfico:
Marisol del Burgo, Rubén Chumillas, Julia Ortega y Álvaro Recuenco
Mapa:
Eva Palomar Gómez

El reino de los Tres Soles

Nando López

Ilustración de cubierta de Maite Gurrutxaga

loqueleo

A Rodrigo y Asier, para que nunca dejéis de abrazar
las alas de la fantasía.
Y a quienes creemos que las palabras
no pueden cambiar el pasado, pero sí ayudarnos
a construir el futuro.

Dos son los tratados de lo inefable y una sola la magia
que nace de la suma de ambos. Y solo dos han
de ser también quienes, sobresalientes por su fuerza
y nobleza, podrán volver
a unir lo que las tinieblas separaron.

Liber Noctis
Tractatus II. De gente naturae unicae

EL REINO
DE LOS TRES SOLES
Antiguo reino de las Tres Lunas
LAGO DE LOS SUSURROS
Montañas del Olvido
El palacio
REINO DE TRIERCE

MAR DE SWEMEL
Acantilado de las Ánimas
Cuevas del Tiempo
REINO DE AQUIDONIA
Bosque de los Juglares
N
NO
NE
O
E
SO
SE
S

Prólogo
La edad de la ceniza

El fuego había llegado a las puertas de la ciudad sin que nadie hubiera podido impedirlo.

Era aún noche cerrada cuando las llamas comenzaron a extenderse, sigilosas y voraces, hasta llegar a la muralla que protegía la capital del reino. De poco sirvieron los cubos y baldes de agua con que los centinelas intentaban detener el incendio a la vez que daban la voz de alarma: el fuerte viento, inesperado huésped en aquella madrugada estival, hacía inútiles todos sus intentos.

La audaz Griselda, a lomos de Arbán, su imponente caballo blanco, observaba con satisfacción la escena y se complacía en escuchar los gritos de terror de quienes habían intentado traicionarla.

—Defenderé Aquidonia con mi vida si es preciso, padre —le había prometido al rey Hawart, antes de que exhalara su último aliento.

—Ten cuidado, hija mía —fue todo lo que el monarca pudo decirle.

Griselda culpaba a aquel reino, con el que habían fingido mantener un tenso equilibrio durante décadas, de la única muerte que jamás podría perdonarles, la que cinco años atrás se había llevado consigo a un rey magnánimo a quien su pueblo

veneraba por su grandeza y a un padre bondadoso al que se había prometido emular en su valor y generosidad.

Un jinete enfundado en una armadura tan blanca como la crin de Arbán cabalgó presuroso hasta ella.

—El viento está de nuestro lado, alteza —le aseguró el caballero mientras alzaba, con orgullo, la antorcha que empuñaba en su brazo derecho—. Las llamas impedirán que puedan contener el avance de nuestras tropas.

—Lo sé —respondió ella con una enigmática sonrisa—. Sabed que nada de cuanto sucede en esta noche es fruto del azar, mi fiel Oswold. Igual que nada ha de serlo durante los años que dure mi reinado.

Él asintió sin acabar de entender lo que su reina había querido decirle.

—Todo se ha de hacer según lo dispusisteis.

—Así lo espero.

El caballero dio una orden y sus hombres lo siguieron con sus antorchas dispuestos a asegurarse de que el fuego les abría paso hasta el lugar que era, en realidad, el verdadero objetivo de aquel ataque. Solo Oswold, el único de sus servidores en quien Griselda sentía que podía depositar toda su confianza, sabía de qué se trataba, aunque ni siquiera a él le había explicado las verdaderas razones de su obsesión.

—¿La biblioteca real? —reaccionó con asombro el caballero cuando la reina le comunicó sus planes—. ¿Por qué habríamos de preocuparnos de ella en vez de acabar con las vidas de Malkiel y de Estrella?

—¿Ponéis en duda mi criterio? —se enfureció ella. ¿Cómo era posible? No podía creer que Oswold participase de las dudas de la corte, donde sabía que, desde la inesperada y nunca aclarada muerte de su padre, todos la veían como una dócil princesa a quien habría que casar, en vez de como la reina que estaba decidida a ser.

—Jamás me atrevería a desafiar vuestros deseos —le respondió él a la vez que hincaba su rodilla derecha en tierra en señal de respeto—. En mí tendréis siempre al más devoto de vuestros servidores, mi reina.

Consciente de que necesitaba aliados poderosos para sobrevivir a las inquinas y recelos del laberinto nobiliario que la rodeaba, nada más morir el rey Hawart, Griselda había tomado dos decisiones. La primera, elegir como consejero al conde Bernard, uno de los miembros más respetados por su audacia e inteligencia en toda la corte: «Mantenlo cerca», le había aconsejado su padre. La segunda, coger su espada y erguirla sobre la cabeza de Oswold, el mejor jinete de toda Aquidonia.

—Desde hoy y hasta el día de vuestra muerte habéis de ser el Caballero del Yelmo Blanco, líder de mis ejércitos y privado de esta reina que ha de depositar en vos su confianza.

Rozó con la hoja de la espada los hombros de Oswold, que asumió aquella distinción con orgullo.

Habían pasado ya cinco años desde aquella jornada. Cinco años en los que Griselda, a quien su padre había enseñado las técnicas y estrategias más secretas del ajedrez, había conseguido disponer con paciencia y pericia todas las piezas sobre un tablero que, aquella noche de verano, al fin estaba a punto de ser suyo. Una partida donde el fuego arrinconaba a los rivales sin que supieran que la verdadera causa y origen del incendio, el libro que Griselda se había propuesto recuperar, se hallaba allí, entre ellos.

—Nada es azar —se repitió, ya a solas, frente a aquel naufragio de fuego que auguraba su triunfo.

Y en ese mismo momento, justo cuando Griselda pronunciaba aquellas palabras, Estrella sintió como su medallón, el que había llevado al cuello desde que era una niña, desaparecía consumido por un haz de luz blanca, casi invisible. Samir, que se hallaba a su lado mientras Malkiel se afanaba por coordinar a sus hombres para acabar con el incendio, no dijo nada. No era preciso. Ambos sabían qué significaba aquella señal. Solo había un modo de impedir que aquel fuego acabara con todo lo que habían construido, ese reino en el que apenas quedaban recuerdos del miedo y la oscuridad anterior. Solo ella –maldita sea, ¿por qué debía ser ella?– sabía qué debían hacer... y quién debía morir para impedirlo.

I

18 —¿Qué os parece?

Samir abrió la puerta con aire solemne, intentando contener la ilusión que lo embargaba aquella mañana de primavera, y esperó a que el rey cruzara el umbral del que había de ser su espacio predilecto en adelante.

Malkiel, que se hallaba algo inquieto debido a su inminente viaje a Aquidonia, ni siquiera sabía qué responder. Le costaba creer que fuera cierto cuanto abarcaban sus ojos. A su alrededor, cientos de estanterías dispuestas simétricamente y llenas de manuscritos organizados con esmero llenaban todas y cada una de las paredes de aquella gigantesca sala que habían habilitado en una de las dependencias anejas al palacio. Habían sido Aldo y Estrella quienes, en estrecha colaboración con su querido Samir, se habían ocupado de organizar la que había de convertirse en la primera biblioteca del reino, un territorio que, desde entonces, quedaría consagrado al conocimiento y la cultura y con el que Malkiel soñaba emular al mismísimo Alfonso X, de quien se decía que, además de poseer algunos de los manuscritos más hermosos del mundo, también los escribía.

—Algún día seré yo mismo quien componga esas historias —deseaba Malkiel.

—Nada os lo impide —lo animaba Aldo, quien, convertido en príncipe de los juglares gracias al nombramiento con que había sido premiado por el valor demostrado en el pasado, era ya también uno de sus mejores amigos—. La poesía es un tesoro que no conoce dueño: a todos nos pertenece por igual.

—Pero solo unos pocos domináis sus artes... —le respondió el rey, que envidiaba el talento de quienes, como Aldo, conocían los secretos de la música y el verso.

—Nada que no podáis lograr vos si al corazón le sumáis tiempo.

Si de algo carecía el rey era, precisamente, de ese tiempo del que Aldo le hablaba. ¿Cómo soñar con escribir cuando eran tantas las obligaciones que lo acuciaban? Desde la muerte de su padre, el rey Olav, Malkiel se había visto obligado a asumir todas las responsabilidades que, desde niño, había deseado esquivar. Solo la presencia firme y constante de Estrella, compañera en el trono y cómplice en su corazón, le hacía sentir una seguridad de la que carecía cuando uno de los dos debía ausentarse en alguno de los muchos viajes que la nueva diplomacia les exigía.

—Son tiempos de cambio —le insistía Samir, que hablaba del nacimiento de una nueva era en la que los acuerdos habrían de imponerse a las armas.

—Un tiempo que por ahora es solo un espejismo —le contradecía Walhard, encargado de proteger a sus reyes en cada una de aquellas salidas a los territorios vecinos—. Cuando llegue, bajaremos nuestras espadas. Entretanto, deberán seguir tan afiladas como lo están ahora.

Pero aquella mañana de abril, mientras contemplaba esa sala llena de páginas cuidadosamente ilustradas y volúmenes que escondían todos los saberes de su tiempo, Malkiel se olvidó por un momento de las amenazas que los acechaban fuera. De los tumultos que, ante la llegada de mujeres y hombres nómadas, habían empezado a sucederse en alguno de los rincones de su propio reino. Y hasta de la continua tensión en sus fronteras, asediadas tanto por la presencia de aquellos forasteros de origen incierto como por la ambición de Griselda, reina de la vasta Aquidonia. Allí debía partir ese mismo día con la esperanza de que las palabras pudieran reemplazar a las armas.

—¿Os complace lo que veis, majestad? —le preguntó Samir, que conocía perfectamente la respuesta de su discípulo. Llevaba demasiados años junto a Malkiel como para no leer en sus ojos la emoción que aquel lugar le había despertado.

Tras ellos, expectantes, aguardaban el veredicto los monjes copistas que, bajo la tutela de fray Theobald, se habían ocupado de restaurar e iluminar los pergaminos que llenaban gran parte de aquellas estanterías.

—Mucho, Samir —respondió al fin Malkiel—. Este ha de ser, desde hoy, el corazón del reino. Y así, en honor a eso mismo, recibirá el nombre de la Sala del Origen, pues de este lugar nacen todas las ideas de cuanto somos y los deseos de cuanto soñamos llegar a ser.

Los monjes no pudieron reprimir su entusiasmo y se escuchó un sordo rumor de aprobación y euforia que, sin embargo, no tardaría en ser sofocado por la voz de Walhard.

—Necesito que me acompañéis, majestad —le pidió el capitán de la guardia real—. Es urgente.

—¿Ha sucedido algo?

Samir no necesitaba oír la respuesta.

Sabía que Walhard estaba a punto de informarles de que se había iniciado una nueva revuelta entre los súbditos del reino.

Pero esta vez no se trataba solo del habitual pillaje con el que la turba, alentada por palabras incendiarias, llevaba meses asaltando las calles. En esta ocasión habían ido mucho más lejos. Tanto como para haberse atrevido a llevarse con ellos a alguien a quien sabían que el rey tenía en su más alta estima.

Malkiel salió corriendo en busca de Estrella –«Ella sabrá qué hacer», pensó– en cuanto Walhard le dio la noticia. Además, era necesario que alguien se ocupase de todo mientras él salía rumbo a Aquidonia: tan urgente resultaba reunirse con quienes los amenazaban fuera de sus fronteras como dar respuesta a lo que acababa de suceder dentro del reino.

Aldo, el príncipe de los juglares, había sido secuestrado.

II

—Es demasiado peligroso.

Laura no pudo disimular su decepción. ¿Cómo era posible que Estrella, a quien había apoyado en todas y cada una de sus decisiones, la tratase ahora con la misma condescendencia con que ciertos miembros de la corte la habían acogido a ella como su nueva reina?

—No puedo permanecer aquí sin hacer nada. ¿No lo entendéis? Nosotras nunca hemos dejado que sean los demás quienes actúen en nuestro nombre.

Laura subrayó con intención aquel *nosotras*. Necesitaba que la reina, en quien tenía también a una de sus más queridas amigas, dejase a un lado sus temores y recordase cómo habían llegado hasta allí hacía no tanto tiempo. Si no se hubieran enfrentado juntas a Alcestes, si no hubieran empuñado sus armas mágicas, si no hubieran tomado las riendas de sus vidas, hoy el reino de los Tres Soles seguiría sumido en la oscuridad de quienes intentaron acabar en él con la libertad y la poesía.

—Walhard y sus soldados se ocuparán de rescatar a Aldo de quien sea que lo haya secuestrado. El propio Malkiel ha prescindido de parte de su protección en el camino hacia Aquidonia para que vayan a salvar a vuestro esposo.

A Estrella, en realidad, le había disgustado profundamente aquella decisión. ¿Adentrarse en territorio enemigo sin el capitán de la guardia real? Malkiel le insistió en que no temiese, llevaba consigo a algunos de sus mejores soldados y a un buen puñado de juglares que, con Francesco al frente, sabrían plantar cara a quien quisiera desafiarlos.

—Sabéis lo que siento, majestad —insistió Laura, ajena a las cuitas de la reina y subrayando aquel tratamiento que sabía que tanto enfadaba a Estrella.

—¿Majestad? —repitió dolida—. ¿Por qué no me habláis como las amigas que somos?

—Porque os comportáis como la reina en que os han convertido —le respondió furiosa.

Estrella sentía una punzada de dolor cada vez que Laura se distanciaba de ella refugiándose en aquellas fórmulas de cortesía que, cuando no había nadie más delante, jamás empleaban. Su amistad no admitía distancias ni mentiras, pues estaba hecha de confianza e intimidad.

—Temo que puedan haceros daño… —Igual que

a Aldo, igual que a Malkiel: ¿por qué toda la gente a la que quería debía ponerse en peligro a la vez? No podía permitir que Laura también se alejase de ella—. ¿Y si todo fuera una trampa para llegar a vos?

Por un instante, Laura no supo qué contestar. Aquella era una posibilidad que ni siquiera había cruzado su imaginación y, sin embargo, tenía sentido. Su presencia en el reino se había convertido en uno de los pilares del gobierno, gracias a la ayuda que prestaba a Estrella en todas sus funciones. Malkiel y ella habían decidido repartir dichas tareas atendiendo tanto a las necesidades del pueblo como a sus capacidades, así que mientras Estrella se ocupaba de cuestiones como el avituallamiento, la convivencia o la estrategia militar, de Malkiel dependían la cultura, el comercio y las relaciones con los territorios vecinos, especialmente con

Trierce y Aquidonia, los dos reinos más próximos y con los que era importante mantener el equilibrio de fuerzas.

—Necesito hacer algo... No soporto la idea de permanecer aquí encerrada, mientras Aldo se halla en manos de...

—Os entiendo, mi querida Laura, de veras que os entiendo.

No siguió hablando, pero la joven pudo adivinar en aquel silencio las palabras que Estrella callaba. También la reina habría querido tomar su caballo y cabalgar junto a Malkiel para acompañarlo en la reunión que había de mantener con la reina Griselda. Sin embargo, sus obligaciones la habían forzado a quedarse allí, al frente de un trono que, cada vez que debían separarse, se volvía más frágil y vulnerable.

—Encontraremos a Aldo esté donde esté. Tenéis mi palabra.

Estrella se acercó hacia Laura y, con delicadeza, posó uno de sus brazos sobre su hombro derecho. La primera de las damas de la reina dejó a un lado su ira y agarró con fuerza la mano de la reina, quien agradeció que Laura se despojase de su armadura distante para vestirse, de nuevo, con el único ropaje que le correspondía: el de la mejor y más estimada de sus amigas.

—No dejo de pensar quién podría desear algún mal a Aldo, pero no encuentro a nadie...

Lejos quedaban los tiempos en que los poetas eran los enemigos del reino.

—Puede que el afecto que siente el monarca hacia él sea el origen de su desgracia —sugirió Estrella.

Aquella teoría, que Laura se empeñaba en rechazar porque sabía de la fuerza y crueldad de sus enemigos, era también la más plausible. No quería creerlo, porque admitir algo así suponía asumir que la vida de Aldo podía estar en grave peligro en caso de que hubieran sido los hombres de la temible Griselda quienes lo hubieran raptado. Las relaciones entre ambos reinos ya eran tensas y difíciles en los tiempos de Olav, que jamás venció la desconfianza hacia su homólogo, el rey Hawart. Pero, desde la muerte de ambos monarcas, la situación no había hecho más que empeorar, poniendo en grave riesgo la delicada tregua que había sido respetada hasta entonces. Si, como sospechaba

Estrella, la acción contra Aldo era una maniobra de los aquidonios, el destino del juglar se volvía aún más oscuro.

—Necesito hacerlo, Estrella, por favor.

La reina se mantuvo en silencio. El deseo de cumplir la voluntad de su amiga luchaba con la cautela que le exigía su buen juicio: sabía que se sentiría responsable de cuanto pudiese sucederle a Laura en el camino.

—No nacimos para ser víctimas —insistió la joven y, por primera vez, ambas sonrieron, conscientes de que su destino no era la espera ni la inacción. Estaban hechas de sueños, de ambiciones, de ideas que las impulsaban a cambiar cuanto las rodeaba y eso suponía asumir siempre, también en los momentos de peligro, las riendas de su vida—. Bien lo sabemos.

—Sea —accedió Estrella—. Pero no has de ir sola.

Agitó la campanilla con la que acostumbraba a llamar a quienes la servían y otras dos de sus damas, que aguardaban en la sala contigua, corrieron a atender sus órdenes.

—Avisad a Walhard. Decidle que requiero su presencia.

Salieron presurosas tras hacer la exigida reverencia y Laura se esforzó por ocultar el enfado que aquella compañía le causaba. ¿Por qué debía partir junto al capitán de la guardia real y no se le permitía emprender su propia búsqueda? Sin embargo, prefirió guardar silencio, ya que temía que Estrella pudiera arrepentirse y retirarle la licencia que acababa de otorgarle.

—¿Me llamabais, alteza? —Walhard llegó raudo. El tiempo avanzaba deprisa y deseaba salir del castillo cuanto antes: la vida de Aldo dependía de ello.

—Así es, capitán. Quería informaros de que Laura os acompañará en vuestra expedición de rescate.

Walhard solo alcanzó a despegar levemente los labios, pero no tuvo tiempo de articular un solo sonido antes de que Estrella zanjase cualquier posible queja.

—Es una orden.

El capitán bajó la cabeza en señal de asentimiento.

—Pronto volveremos con él, majestad. Os lo aseguro.

—Lo sé —le contestó antes de girarse hacia Laura—. Ojalá vuestro regreso sea tan pronto como mi corazón anhela.

Ambos se marcharon ocultando su decepción –ni el capitán deseaba la presencia de Laura, ni Laura la del capitán– y Estrella se quedó a solas, intentando controlar su inquietud y los malos presagios que, desde hacía ya demasiadas lunas, la acompañaban. Un mismo sueño que se repetía noche tras noche. En él se veía a sí misma cabalgando hacia un tilo, un árbol gigantesco y solemne, idéntico al grabado en su medallón, que de repente comenzaba a arder y provocaba el pánico en su corcel. Mientras el tilo se volvía ceniza consumido por las llamas, su caballo se transformaba en un majestuoso unicornio blanco que huía lejos, galopando más allá de donde la vista pudiera alcanzarlo.

—No tardaréis en entender vuestro sueño —le dijo Samir la primera vez que ella se lo describió.

—¿Creéis que es una profecía? —preguntó ella, que jamás antes había tenido dote adivinatoria alguna.

—Creo que la magia lo cambió todo en vos... Y en nuestro reino. Nadie queda impune tras su uso.

—Magia prestada era la de aquellos instrumentos con que vencimos a Alcestes, que sin flautas y laúdes ningún hechizo habríamos podido conjurar.

—Equivocada estáis, mi señora —le explicó Samir—, que solo quien alberga la magia en su interior puede ejercerla. Los instrumentos eligen a sus dueños. No al revés.

—¿Y los sueños? ¿También son ellos los que nos eligen?

—Los que nos avisan del futuro que ignoramos, sí. Pero los sueños que cobijan nuestros deseos, nos corresponde a nosotros decidirlos.

Por ese motivo no había podido decirle que no a Laura, porque su coraje era uno de los rasgos que la hacían sentirse profundamente orgullosa de la amistad que las unía. Rendirse nunca había sido una opción para ninguna de ellas. Luchar por cuanto creían justo, sí.

«Buena suerte, amiga», le deseó Estrella. Y en ese mismo momento, durante un brevísimo instante, creyó ver cabalgar en los pasillos del palacio la sombra difusa de un unicornio.

III

La noticia del secuestro llegó pronto a todos los rincones del reino.

Asier y Francesco animaron a los demás juglares a llenar las calles con sus voces, con la esperanza de que sus versos cabalgasen aún más rápido que los soldados de Walhard.

La poesía, amordazada, calla en el reino,
viejas sombras de ayer siembran hoy miedos nuevos.
Mudo está nuestro Aldo, preso en manos ajenas,
y es nuestra voz el grito de su voluntad fiera.
Jamás los juglares han de hincar sus rodillas
ni habrá fuerza mayor que la de nuestras liras.
Buscadlo con nosotros, corred plazas y calles.
Buscadlo con nosotros, antes de que sea tarde.

Maese Nicolás escuchaba atento desde su taller de escultura. Los aprendices trabajaban en las figuras que les había pedido fray Theobald para decorar la Sala del Origen y que, para sorpresa del artista, no guardaban relación alguna con la fe del monarca ni de su pueblo.

—¿Estáis seguro de que eso es lo que desea el rey? —maese Nicolás no salía de su asombro—. ¿Escenas que reproduzcan episodios mitológicos?

—Así es —insistió fray Theobald—. No es aquel un lugar de oración, sino de lectura. Y nuestro monarca desea encontrar en él escenas de héroes y heroínas, situaciones que le recuerden la importancia del valor y que sean en sí mismas un canto a la fantasía y a la inteligencia. Ya sea David venciendo a Goliath o el griego Odiseo atado al mástil para no dejarse arrastrar por las sirenas.

El escultor tuvo que morderse la lengua ante las palabras blasfemas, ¡sin duda!, de aquel monje del diablo. ¿Cómo era posible que un hombre de Dios, como él, apoyase semejante decisión? Bastante malo era que el rey hubiese decidido acabar con el cargo de inquisidor general tras la muerte de Alcestes, pero incurrir en semejantes frivolidades

(¿acaso no lo era mezclar las mentiras de Homero con los pasajes de la Biblia?) hacía que Malkiel apareciera ante sus ojos como un rey sin escrúpulos ni valores.

—La fe es algo íntimo, maese Nicolás, no se necesita exhibir aquello que se posee con verdad.

—Será como diga nuestro rey —accedió sin atender a los argumentos del monje—, no en vano son sus arcas las que han de pagar mi trabajo.

Todas las decisiones de ese jovenzuelo eran errores que su padre, el rey Olav, jamás habría cometido, se repetía maese Nicolás mientras aleccionaba a sus aprendices para que diesen forma a las figuras tal y como fray Theobald, siguiendo las órdenes de Malkiel, se las había descrito. Ninfas que se convertían en laurel, jóvenes que caían enamorados de sí mismos en el fondo de un lago, mujeres que tejían los destinos de los mortales o heroínas secuestradas por el rey del inframundo que habían de permanecer seis meses entre los muertos y otros seis entre los vivos. Aquella sarta de desvaríos solo podía haber nacido de una mente enferma y débil como la de ese rey que, sin duda, acabaría llevando el reino a su perdición.

¿Cómo, si no, podía explicarse el Edicto de la Muralla, aquella ley que había abierto las puertas a cuantos quisieron cruzar sus fronteras un año atrás? Desde aquel día, las calles de la capital se habían llenado de gentes de orígenes y razas tan diversos que resultaba tan difícil averiguar su procedencia como entender sus lenguas, dignas de la mismísima Babel. Un idioma que se retorcía en miles de palabras diferentes y extrañas con las que, el maestro escultor estaba seguro, aquellos recién llegados tramaban planes para llenar sus bolsillos a costa de quienes sí habían nacido en el lugar que ellos ahora invadían.

«Desde hoy, por orden y mandato real, el reino de los Tres Soles acogerá a todos los sabios, artistas, inventores, artesanos o maestros deseen compartir su ciencia e industrias. En adelante, ha de ser el nuestro lugar de intercambio y de riqueza, no de aislamiento ni de soledad».

Los juglares, una vez más, colaboraron en la difusión de aquel decreto que, durante muchos días, atrajo al reino a decenas, cientos de hombres y mujeres a quienes no se pedía más documento que su voluntad ni más fe que la que pudieran demostrar en cuestiones tan dispares como el arte, la medicina o la astronomía. Todo era locura. Todo temeridad, pensaba maese Nicolás. Todo respondía a la influencia malsana que aquella mujer, a quien se negaba a considerar como su reina, causaba en el rey. Estrella, esa bruja de origen plebeyo y sangre gitana tenía la culpa de que el reino estuviese ahora lleno de gentes sin raíces ni moral, tan nómadas y cargados de secretos como la propia reina, que lejos de conformarse con ocupar un lugar secundario junto al trono hacía gala de unas molestas ansias de protagonismo.

Primero fue el edicto. Después, la invasión. Y, más tarde, la noticia de que nadie habría de suceder a Alcestes, el Gran Inquisidor, en sus funciones. «El reino no volverá a conocer las tinieblas», aseguró el monarca frente a quienes, contrarios a su criterio, le aconsejaban mantener a alguien a su lado para velar por el buen uso de la inteligencia. «Las ideas no admiten rejas: siempre encontrarán el modo de huir», les respondía él y, de esa manera, zanjaba la discusión.

Ahora, quizá, Malkiel lo vería todo de manera distinta. Maese Nicolás estaba seguro de que el secuestro de Aldo habría causado en él una impresión tan honda que el rey no podría dejar de preguntarse si había hecho bien invitando a su reino a los enemigos que habían acabado traicionándolo. Aquel sí era un auténtico caballo de Troya, y no el que fray Theobald había incluido en su ridículo listado de esculturas pendientes. El maestro escul-

tor, a quien se le resistía la figura de un joven que debía volar hacia el Sol con unas gigantescas alas de cera, repetía una y otra vez sus miedos a cuantos deseaban escucharlo:

—Han sido ellos —los acusó mientras se acariciaba su brillante calva. De formas redondeadas y cuerpo orondo, su rostro bonachón adquiría tintes sombríos cuando pronunciaba alguno de sus habituales discursos.

—¿Ellos, maese Nicolás? —preguntó confuso Hagen, un joven rubio de ojos muy claros que era, además, uno de sus aprendices más sobresalientes.

—Ellos, sí. —El maestro cesó un instante en su trabajo y miró a los oficiales que lo rodeaban entornando con intención ambigua sus ojos almendrados y verdes, aquellos ojos llenos de misterio que, cuando alcanzaban su objetivo, parecieran poder hipnotizarlo—. Han sido esos extranjeros de nombres impronunciables, esos hombres sin raíces son quienes han atacado la paz del reino.

—Pero no hay pruebas de que... —intentó razonar Hagen.

—¿Necesitáis mayores pruebas que el hecho de que jamás ocurrió nada así antes de su llegada? —lo interrumpió maese Nicolás tratando de no resultar demasiado severo: su mayor fortaleza residía en su capacidad para imponer su voluntad sin jamás levantar la voz a sus discípulos. Autoritario y persuasivo, su don de mando no era consecuencia del despotismo, sino de su habilidad para conducir la voluntad ajena.

—Cierto es eso... —Hagen tragó saliva, se atusó su flequillo y trató de pensar una manera de replicar: le costaba culpar a quienes, en realidad, no conocía. Sin embargo, su voz temblorosa unida a su piel pecosa, su nariz menuda, sus ojos rasgados y su delgadez extrema hacían que pareciera un niño a punto de desobedecer a su maestro—. Lo único que intentaba decir es...

—¿Sí?

Bastó la pregunta. El silencio que sucedió al interrogante. La mirada hipnótica de maese Nicolás. Y, sobre todo, saber que los demás aprendices los observaban atentamente. Bastó sentirse centro de sus miradas para que Hagen agachase la cabeza, asintiese avergonzado y volviese raudo al trabajo, fingiendo una convicción que, en realidad, no sentía.

—Han venido dispuestos a todo. —Maese Nicolás, consciente de su victoria, decidió aprovecharla. Ahora que al fin lo escuchaban era el momento de hablar—. No tienen nada que perder. Nada dejan atrás. Ni familias, ni bienes, ni tierras, así que todo para ellos es conquista. Y no van a parar hasta quedarse con nuestros oficios. Con nuestros talleres. Con nuestros mercados. Con nuestras casas. Han hecho suyos los márgenes de la ciudad y se han apropiado de las Cuevas del Tiempo, debilitando así nuestra frontera con Aquidonia. No hay un solo palmo de tierra donde no hayan puesto sus pies desde que el edicto alentó su llegada. ¿Creéis que esas cavernas son suficientes para su voracidad de buitres? ¿Acaso pensáis que se conformarán con ellas y no acabarán viniendo a por vuestros hogares? ¿A por vuestras familias? ¿A por todo lo que tanto tiempo y sudor os ha costado conseguir? Pero eso al rey no le preocupa. A los reyes no les importa cómo vivamos los que no tenemos más que nuestras manos y nuestro trabajo, porque ellos jamás han de manchar las suyas. Ellos solo las manchan en el lecho, allí sí que pueden ponerlas encima de quien ni siquiera merecería compartir con ellos su mesa. Por eso hemos perdido a Aldo. Y por eso perderemos mucho más si no hacemos nada para evitarlo. Porque nuestro rey no gobierna desde el trono, sino desde las sábanas.

Cuando terminó de hablar, se hizo un breve silencio al que siguió, de repente, un intenso rumor. Un sinfín de voces que murmuraban, como las olas de un mar embravecido, los miedos y odios que las palabras de maese Nicolás acababan de desatar. Él se limitó a darles la espalda y volvió a la escultura del joven alado que pretendía volar hasta el Sol. Era preciso callar, bien lo sabía: sembrar en exceso solo conducía a estropear la que, si se cuidaba con esmero, podría ser una buena cosecha. Así que guardó los demás argumentos para futuras ocasiones y dejó que quienes lo habían escuchado fueran los nuevos portavoces de su indignación. Ellos llevarían a sus casas sus palabras, las repetirían ante sus familias y llenarían así todos los rincones del reino, poco a poco, como si fuera una epidemia de peste que, en este caso, no había de ser enfermedad, sino antídoto contra el sueño que los adormecía. Maese Nicolás estaba seguro de que aquella era la medicina que el reino necesitaba para volver a proteger a los suyos y expulsar a quienes solo habían ido hasta allí para acabar con cuanto habían logrado construir.

Mientras cincelaba el rostro de su escultura, buscó de soslayo a Hagen y se dio cuenta de que su aprendiz también estaba observándolo. Los dos cruzaron sus miradas durante un instante en que maese Nicolás mantuvo la suya firme y rígida, con la intención de acallar, de una vez por todas, las dudas de su discípulo. Hagen usó el flequillo para cubrir sus ojos, bajó la cabeza y regresó al trabajo. Su maestro hizo lo mismo.

—Así que tú eres Ícaro —le dijo a la escultura—. El joven que acabó cayendo al mar por culpa de querer llegar hasta el Sol...

La figura, a la que había dotado de toda suerte de detalles, resultaba tan veraz que daba la sensación de que estuviera a punto de contestarle. Maese Nicolás la observó con detenimiento y se dio cuenta de que el rostro que había cincelado en ella era idéntico al del mismísimo rey. Aquel Ícaro que se desplomaba hacia su muerte tenía todos los rasgos de Malkiel.

—Mal destino el de quienes, obstinados en su poder, desafían aquello que jamás podrán controlar.

Y temiendo que alguien pudiera descubrir el parecido entre la escultura y su modelo, la golpeó con su cincel hasta romperla en mil pedazos que, ante el desconcierto y la confusión de sus aprendices, quedaron desperdigados por el suelo.

IV

—Con vuestra venia, majestad.

Griselda hizo un leve gesto con su mano derecha y le pidió a Bernard que se acercara.

—Hablad, conde —le urgió con impaciencia—. Como bien sabéis, mañana recibimos a Malkiel y son muchos los preparativos y deberes que me aguardan.

—Imagino que vengar la muerte de nuestro bien amado rey Hawart es uno de ellos.

La reina contuvo la expresión de dolor que sus ojos habrían querido gritar al escuchar el nombre de su padre. Solo ella sabía cuánto extrañaba la presencia de aquel hombre que, desde niña, la había hecho sentir heredera de un trono que muchos nobles codiciaban. «¿No ha de haber varón?», lo acuciaban, y el monarca, en vez de sentir aquella insidiosa pregunta como una amenaza, educaba a su hija con la esperanza de que supiese tomar el mando cuando a él le llegase la hora.

—La fuerza no entiende de hombres ni de mujeres —le repetía cuando a ella le asaltaban las dudas por los cuchicheos palaciegos que sentía a su alrededor—, el valor solo sabe de quienes lo ejercen y de quienes lo evitan. A ti te corresponde elegir entre acogerlo en tu seno o esquivarlo.

Y entonces ella sentía que los ánimos que le faltaban volvían a su corazón con la misma intensidad con que su padre la abrazaba cuando nadie más podía verlos.

¿Cómo no iba a querer vengarse de quien le había arrebatado vilmente a su tutor, a su valedor, a su más preciado refugio? ¿Cómo no iba a sentir una serpiente mordiendo con saña su alma cada vez que pensaba en la posibilidad de que el conde Bernard tuviera razón y hubiera sido un veneno el culpable de aquella muerte? La pregunta del conde, además de dolorosa, casi le resultaba ofensiva, pero mantuvo su ensayado gesto hierático –aprendido, como todo cuanto sabía de armas y letras, gracias a los consejos de su padre– y le respondió con el aplomo que correspondía a su título.

—Prioridad es esa venganza, conde. Bien lo sabéis. Pero no ha de suceder sin que antes estén en mi poder las pruebas necesarias.

—¿Mayor prueba queréis que el edicto aprobado por nuestros enemigos?

—Edicto es ese que solo llama a artistas y nómadas a sus dominios. En nada atenta contra

nuestras fronteras la insensatez que han demostrado Malkiel y Estrella acogiendo a quienes no conocen.

—¿De veras creéis que habrían decidido abrir las puertas a ese ejército de charlatanes si no pretendieran adiestrarlos y convertirlos en nuestros enemigos?

—No empezaré una guerra sin motivos evidentes, Bernard. Justo ha sido siempre nuestro pueblo.

—Pero también osado. Y bien cuidaban de sus fronteras en el reino de los Tres Soles cuando se hacían llamar de las Tres Lunas. Insólito es que sus precauciones cesaran, a la luz de ese edicto, a la vez que el rey de Aquidonia perdía la vida.

—¿En coincidencias tales basáis vuestras conjeturas?

El conde Bernard acusó aquella pregunta como un dardo. Se mesó su tupida barba, midió bien sus palabras e irguió su cuerpo haciendo ostentación, por primera vez en la entrevista con la reina, de su imponente estatura. Solo Oswold, el primer caballero de Griselda, podía compararse en fuerza y altura a aquel hombre capaz de aplastar de un golpe a cualquier incauto que se atreviera a retarlo en combate. Pocos eran los torneos donde no resultaba victorioso, competiciones a las que acudía como un simple pasatiempo con el que entrenar sus músculos y cansar el cuerpo mientras llegaba una guerra real. Un enfrentamiento que le permitiera aumentar sus tierras y riquezas, las más vastas de toda Aquidonia.

—Cierto es que son pocas las evidencias que porto conmigo. Pero no menos verdadero es el odio que siempre tuvo Olav a nuestro querido rey Hawart. Muchas fueron sus querellas y no pocas las escaramuzas en las que se dirimieron fronteras que aún hoy siguen siendo discutidas tanto por sus súbditos como por los nuestros. Pero lejos estamos de los tiempos de ese rey que, aun siendo enemigo, se regía por las leyes del honor y la caballería. Poco de todo eso queda en quienes cambian nobles por juglares y consejeros por bufones. ¿Qué otro reino que no sea el vecino pondría interés en debilitarnos para arrebatarnos lo que nos pertenece?

—¿Insinuáis que mi presencia en el trono nos debilita? —la reacción de Griselda sorprendió al conde, que no pretendía poner su autoridad en tela de juicio.

—Jamás osaría sugerir algo así —se apresuró a excusarse—. Nos debilita la tristeza de haber perdido a un hombre bueno y un monarca magnánimo antes de lo que la naturaleza habría deseado.

De nuevo, las palabras de Bernard arañaron el corazón de la reina, en quien el dolor sustituyó a la ira.

—Necesitaré una confesión. —Si algo había aprendido de su padre era el sentido de la justicia, que ni siquiera por vengar su muerte estaba dispuesta a traicionar.

—¿No hablan por sí solos los hechos?

—Han de hablar también las palabras, que antes de juzgar lo sucedido debemos saber cómo sucedió.

—¿Consideráis que podría disculparse un crimen como este?

—Nunca podría disculpar a quien me arrebató la mitad de mi propia vida, pero tampoco juzgaré sin antes haber escuchado ni dictaré sentencia sin conocerlo todo.

—Confesión habéis de tener, pues. Y ha de ser la visita de ese traidor de Malkiel momento propicio para ello.

—No quiero que hablen la tortura ni la sangre. Imposible será que haga justicia si el miedo disfraza la verdad.

—Se hará como digáis. Solo os suplico que me permitáis estar presente en esa entrevista. Bien sabré valerme para que esos perros asuman el crimen que cometieron.

Griselda dudó su respuesta durante un instante, pero decidió que la presencia del conde podía servirle de gran ayuda en caso de que aquella embajada se volviese delicada o incluso peligrosa.

—Majestad —se inclinó, antes de retirarse, con una ampulosa reverencia.

—Conde —lo despidió ella.

Esperó a que Bernard se hubiera alejado lo suficiente para ponerse en pie y dirigirse a sus aposentos. Una vez allí, Griselda pidió a sus damas que la dejasen sola y, tras asegurarse de haber cerrado la puerta, buscó el manuscrito que escondía al fondo de la alacena secreta de uno de los laterales de su dormitorio. Allí, con su tilo grabado en la primera página, la esperaba el libro que le había entregado su padre cuando apenas era una cría. Cuando lo tenía entre sus manos, casi podía escuchar su voz contándole la historia a aquella niña que, tiempo atrás, lo miraba con una mezcla de asombro y admiración.

—Fue un regalo de un extraño hombrecillo que conocí una vez —le había contado—, un mendigo que pedía clemencia de casa en casa en una fría noche de invierno. La nieve cubría toda Aquidonia y mis soldados lo encontraron aterido y al borde de la muerte ante una de las puertas del palacio. «Ayudadme», me suplicó con una voz en la que creí adivinar su origen árabe. «Ayudadme», repitió una vez más, y entonces vi algo en su mirada, una dignidad extraña y valerosa, que me impidió pedir a mis hombres que lo devolviesen a las calles. Pasó la noche en las caballerizas, comió las sobras de los criados y, al amanecer, dijo que quería despedirse de quien lo había librado de la muerte. «Esto es para vos, majestad», dijo. «Si sabéis leerlo bien, sus páginas os ayudarán en momentos de necesidad y duda. Igual que esta noche me ayudasteis a mí. Pero como sobras y no banquete fue mi cena, tampoco han de estar aquí todos los pliegos de este libro, que ayuda ha de ser, mas incompleta». Me habría gustado responder, pero desapareció de mi vista antes de que pudiera hacerlo. Como si se hubiera desvanecido en medio de la tormenta de nieve que, aquella mañana, volvía a asolar las tierras de Aquidonia.

Griselda recorrió los pliegos de aquel libro uno por uno hasta que dio con el filtro que buscaba. Tres eran los que había aprendido en aquellas páginas –el filtro de la verdad, el del insomnio y el del viento– y uno solo el que, en esta ocasión, necesitaba. Hasta ahora jamás había tenido que recurrir a los conjuros del *Liber Noctis*, el *Libro de la noche*, llamado así porque en todos los hechizos se pedía que las palabras que los provocaban se pronunciasen una vez que se hubiese puesto el sol. A pesar de haberlo intentado con denuedo, nunca se habían encontrado las láminas que faltaban y que debían completar ese primer tratado, tal y como indicaba la advertencia inicial, que Griselda no sabía si interpretar como acertijo o como profecía:

«Dos son los tratados de lo inefable y una sola la magia que nace de la suma de ambos. Y solo dos han de ser también quienes, sobresalientes por su fuerza y nobleza, podrán volver a unir lo que las tinieblas separaron.

Liber Noctis

Tractatus I. De fascinis imposibilis».

—Un libro de la noche en un reino blanco —se reía Hawart cuando hablaba de aquella obra tan singular con su hija.

La nieve blanca. Los caballos blancos. Las armaduras blancas. La muralla blanquísima. Todo era blanco en Aquidonia desde que sus habitantes tenían memoria. Blanco porque aquel color era, en su lenguaje, el color del futuro. «Solo existe el mañana cuando cuidamos el presente», rezaba el lema real en su escudo. Pero alguien había manchado de sangre ese blanco. Y había teñido de amargura ese ahora.

Si el conde Bernard tenía razón y el rey Hawart había sido envenenado, el reino de los Tres Soles lo pagaría muy caro. Y llorarían tanto y con tan amarga tristeza a los suyos como ella, cuando nadie la veía, seguía llorando a su querido padre.

V

—¿Dónde estamos?

Tras casi una jornada encerrado en aquel destartalado carromato, atado de pies y manos y con una espesa venda negra cubriendo sus ojos, Aldo se sentía completamente desorientado. Le resultaba imposible imaginar dónde se encontraba y, mientras se esforzaba por dominar su miedo, intentaba deducir el lugar en que pretendían ocultarlo sus captores.

—Al menos dadme un poco de agua, por compasión.

Nadie respondía a sus preguntas ni a sus súplicas. A su alrededor solo podía distinguir un sordo murmullo que, si su cultivado oído musical no le engañaba, estaba formado por voces y acentos de otras lenguas. ¿Pero qué podían tener aquellos extranjeros, si es que realmente lo eran, contra un simple músico? Príncipe de los juglares, sí, pero aquel título no era más que una distinción con la que Malkiel quería honrar su arte y su oficio, una manera de atribuir a la poesía y a la música la dignidad que el tiempo en que habían imperado las leyes de las Tres Lunas había pretendido arrebatarles. Ningún poder real iba unido a ese título, ni tampoco poseía secretos ni tesoros que hicieran de su persona un botín valioso. No era más que un soñador que intentaba contar el mundo con sus palabras, un hombre enamorado de la mujer con quien compartía su vida y a quien ahora imaginaba presa de la inquietud. Tal vez, buscándolo. Conocía bien a Laura y le preocupaba que pudiese haber salido a su encuentro, pues, de ser así, correría el riesgo de caer en manos de aquella gente de quienes, hasta ahora, no había conseguido ni una sola palabra.

—¡Agua, por caridad! —insistió.

Alguien que desprendía un intenso olor a almizcle se acercó a él y, sin quitarle la venda de los ojos, acercó un vaso hasta sus labios. Aldo lo bebió con ansia y trató, a pesar de las ataduras, de retener a quien fuera que estaba a su lado.

—¿Quiénes sois? ¿Qué es lo que queréis de mí?

Una vez más, no obtuvo respuesta. Le quitaron el vaso de las manos y, después, sintió cómo lo rodeaban entre tres o cuatro personas y lo empujaban a empellones fuera de la carreta.

—En nada he ofendido a nadie —se defendía el juglar—. No hay razón para que privéis de su libertad a quien solo intenta contentar a los demás con sus poesías.

Un golpe seco interrumpió sus palabras. Sintió cómo brotaba un hilo de sangre de su labio inferior a causa del impacto de aquel puño metálico, pues bien había sentido el frío del hierro en su piel. Consciente de que el silencio era su mejor y único aliado, se dejó arrastrar por las manos que lo movían como si fuera un títere hasta el interior de lo que, si sus sentidos no lo engañaban, parecía ser una cueva. Las gotas de agua que caían, una a una, a unos pasos de él. El suelo húmedo y cubierto de tierra. Las paredes angulosas e irregulares, en las que era imposible reclinar la espalda sin clavarse sus formas picudas y rígidas. De repente, lo supo. Debían de estar en una de las Cuevas del Tiempo, la región más al este, próxima a la frontera con Aquidonia. Allí era donde habían acampado, en los días que sucedieron a su llegada, muchos de los extranjeros que acudieron al reino tras la proclamación del edicto y aún seguían albergando a quienes, huyendo de la miseria y las guerras de otras tierras lejanas, atravesaban las fronteras y se veían obligados a asentarse allí con la esperanza de que el tiempo les permitiese mejorar su fortuna.

—Venid.

Una voz grave, casi tenebrosa, exigió la presencia de uno de los misteriosos hombres y mujeres que lo custodiaban. Aldo pudo oír sus pasos acercándose hasta aquella voz, que debía de pertenecer al hombre del puño metálico, que le había partido el labio un instante atrás.

—Hacedlo. —Un prolongado silencio siguió a aquella orden—. No vaciléis.

Los nuevos pasos, que se dirigían hacia él, eran mucho más lentos que los anteriores. Casi temblorosos. Como si quien se estuviera acercando lo hiciera contra su voluntad.

—¡Obedeced! —la voz gritó con la misma rabia con que lo había golpeado antes.

Aldo sintió la presencia próxima de quien, poco antes, le había ofrecido agua. El mismo olor a almizcle. El mismo movimiento dubitativo y trémulo. Podía escuchar su respiración agitada junto a él. El latir de un corazón que parecía haberse desbocado ante lo que fuera que se hallaba a punto de hacer.

—¡Ahora!

Todo sucedió muy rápido. La voz que dio la orden. El crujido de un arma (¿tal vez un hacha?) que cortó el aire. La inminencia de la cuchilla que había de atravesar su cuerpo. El grito de un joven antes de asestar el golpe que le habían ordenado. El pánico que se apoderó de Aldo. La cuchilla que cayó junto a sus pies sin siquiera rozarlo. El llanto desconsolado de quien había estado a punto de matarlo. Y los pasos de cuantos ahora lo arrastraban consigo para llevarlo hasta donde fuera que se encontraba el verdugo del puño metálico.

—¿Cuál era vuestro nombre, muchacho?

No hubo respuesta.

—Decidme vuestro nombre.

—Dar… Darko —titubeó con un hilo de voz.

—Mal os educaron, Darko, si nadie os advirtió de que la traición es la afrenta más cara de todas.

—No pretendía traicionaros, señor —balbuceaba nervioso con un tono en el que Aldo creyó adivinar un posible origen eslavo—. Yo no intentaba..., Darko no...

Pese a tener los ojos vendados, Aldo podía imaginar al joven del olor a almizcle hincado de rodillas, pidiendo clemencia. Apenas entendía sus palabras, pues la voz llegaba débil y perdida entre lágrimas y sollozos, pero sí era capaz de intuir su pavor.

—Estirad el brazo derecho.

—Señor, yo no...

—Ayudadlo.

Las voces del joven mientras oponía resistencia a quienes agarraban su cuerpo resonaban con estruendo en la cueva. Un eco de terror semejante al de un macabro aquelarre.

—No es culpa suya —intentó defenderlo Aldo aun a riesgo de su propia vida: ¿acaso podía permitir que quien se había apiadado de él pagase ahora la furia de su sádico cancerbero?—. Es a mí a quien queréis.

—No temáis, que vuestra hora ha de llegar también. Pero antes es tiempo de aprender qué es el honor y por qué ha de cuidarse. ¿No lo creéis así, Darko?

El grito de dolor del muchacho fue tan desgarrador que Aldo sintió que el horizonte se derrumbaba, partido en dos, sobre sus cabezas. Una bandada de cuervos pasó graznando sobre ellos mientras el juglar, reprimiendo sus lágrimas, reconstruía cuanto había sucedido. Imaginaba al joven intentando apartar su brazo mientras los demás lo sujetaban. Y casi podía ver la cuchilla cayendo sobre él y provocándole un dolor tan agudo como para que se retorciera sobre el suelo. Herido y magullado, castigado por no haber obedecido a quien parecía estar al mando.

—Así no olvidaréis que el honor de un villano se resume en la obediencia a los nobles que la merecemos. Culpa vuestra es lo sucedido, que si le hubierais cortado su mano, no me habríais obligado a cortar la vuestra.

Aldo sintió cómo recorría todo su cuerpo un doble y profundo escalofrío. Doble porque su mano era su lira; su lira, su poesía; y su poesía, su vida.

Y porque le provocaba un dolor insoportable pensar que la misma mano que se había compadecido de él yacía ahora, ensangrentada, sobre el suelo.

VI

No lo habían hablado antes de que Laura partiese junto a Walhard, pero tanto ella como la reina habían tenido la misma idea. Las dos habían probado suerte con los instrumentos que, como homenaje a la victoria sobre Alcestes, decoraban una de las estancias del palacio. «Tocadlos y no seréis tocados», rezaba, sobre ellos, la inscripción con la que habían querido homenajear al sabio que se los había dado y de quien nunca llegaron a conocer la identidad ni el paradero.

Pero ni Laura ni Estrella consiguieron efecto alguno con las notas que salían de cuantas flautas y laúdes probaron. Era como si la magia las hubiese abandonado de nuevo, tal y como había sucedido años atrás.

—¿No hay aún nuevas de Aldo, mi reina?

La llegada de Samir, tan sigiloso como de costumbre, sacó a Estrella de su ensimismamiento.

—Me temo que no... Ojalá pronto.

—Más dudas os afligen, ¿no es cierto?

La había llegado a conocer demasiado bien como para no adivinar en su gesto una nueva inquietud. Algo, más allá de la seguridad del juglar, atormentaba a la reina.

—No es fácil engañaros, querido Samir —sonrió con tristeza—, maestro sois en leer el corazón de quienes os rodeamos.

—Mal habría cumplido con mi oficio si no supiera hacerlo, que no hay lección que pueda enseñarse sin atender a los ojos de quien nos mira.

—Bien hicisteis vuestro trabajo, lo sé, que todo cuanto me admira en Malkiel tiene su origen en las muchas lecciones que aprendió a vuestro lado.

—Me halagáis, mi reina... —Su voz adoptó un aire travieso, casi infantil, que contrastaba con su largo cabello canoso y las arrugas que, como un fiel testimonio del tiempo vivido, surcaban su piel—. Pero no creáis que vuestros elogios me harán olvidar mi propósito. Soy viejo, sí, mas sigo teniendo la voluntad tan firme y tan terca como la de un niño.

Ella acercó su mano al rostro del anciano, a quien había llegado a querer como al padre a quien nunca había conocido, y le devolvió con una caricia parte del afecto que recibía de él. Un cariño que lo volvía clarividente y le permitía adivinar los pensamientos que Estrella intentaba ocultar.

—He intentado que sus notas me respondan —le contestó a la vez que le mostraba el laúd que guardaba junto a ella—, pero no lo consigo.

—Quizá no le estáis haciendo las preguntas adecuadas.

—Solo hay una que me preocupa de verdad...

—El paradero de Aldo —se anticipó el anciano.

—No puedo soportar la idea de que alguien le haga daño... Si eso ocurriera, no sé qué sería de nosotros. Y de mi fiel Laura...

—La magia no atiende a nuestra impaciencia, mi reina. Ya intenté explicaros que tiene su propio tiempo. Y su propia voz.

—De poco ha de servirme entonces —se lamentó Estrella a la vez que dejaba caer el laúd, con desprecio, sobre el suelo. Samir, compungido, se apresuró a recogerlo para comprobar que no había sufrido desperfecto alguno—. Podéis quedároslo, no necesito instrumentos que no sepan obedecerme cuando lo requiero.

El anciano dudó por un instante, pero decidió que era preciso formular una pregunta con la que temía incomodar a la reina.

—¿Habéis visto de nuevo el unicornio blanco?

Estrella asintió con evidente disgusto. Aquel sueño se había vuelto obsesivo. No había noche en que no apareciesen en sus aposentos el tilo, el fuego y, al final, aquel animal fantástico de cuya existencia no había constancia alguna en el reino.

—¿Y no habéis pensado que quizá esa sea la respuesta que tanto buscáis?

—Hombres de carne y hueso, no bestias legendarias, son quienes se han llevado a Aldo.

—Mucho más que eso hay en el sueño que vivís cada noche.

—¿Vos podéis traducirlo, Samir?

—Por desgracia, no. Solo nosotros mismos podemos entender lo que nuestra imaginación intenta revelarnos. Cuanto os dijera sobre vuestras visiones no sería más que la solución tramposa de un acertijo para el que no tengo respuesta.

—¿Y qué he de hacer entonces? ¿De qué me valen sueños que no hablan claro y laúdes que permanecen mudos?

Samir temía su reacción. Responder a sus dudas suponía desenterrar el único tema que estaba prohibido en toda la corte: su pasado. El anciano sabía que había llegado el momento. Ese instante que llevaba toda su vida esperando y para el que se había preparado a lo largo de los años, consciente de que había de venir el día en que todos y cada uno de sus pasos cobrarían sentido. El camino que había ido tejiendo con tesón y paciencia alcanzaba al fin a quien era su verdadera protagonista: Estrella. Pero la reina solo podría encarnar a la heroína que el destino esperaba de ella si asumía la necesidad de mirar de frente cuanto ignoraba de sus orígenes.

Por eso aquel sueño. Por eso el silencio del laúd. Por eso la magia había dejado de ser posible, porque cambiar el futuro exigía, como primer requisito, afrontar el pasado. Así había sido también años atrás, antes de que Malkiel descubriera la verdad sobre el asesinato de su madre. Y así había de ser ahora, cuando Estrella diera con el secreto del que, aunque nadie más que Samir pudiera intuirlo, dependía el futuro de todo el reino. Estaba en sus manos. En las de aquella joven que había luchado por construirse a sí misma a pesar de las humillaciones sufridas en su infancia y la violencia vivida después a manos de Alcestes. Aquella mujer que ejercía el poder con inteligencia y decisión, sin dejarse amedrentar por condes y duques que, recelosos de su condición femenina, divulgaban rumores para provocar hacia ella la antipatía de un pueblo que, por desgracia, resultaba cada vez más voluble. Quizá habían prestado demasiada atención a salvar los pliegos y pergaminos que formaban parte de la ostentosa Sala del Origen y habían olvidado que de nada servirían todos aquellos libros si solo unos pocos tenían acceso a sus palabras.

—Necesitamos escuelas, Samir —le había dicho Malkiel hacía apenas unos días y el anciano, orgulloso de la decisión de quien había sido su más querido discípulo, le sugirió que Aldo le ayudase con ello—. Es preciso que nuestros súbditos salgan de la oscuridad a la que los empujan quienes nos envidian. Y sospecho que, cada vez, son más esas sombras, tanto dentro como fuera de nuestras fronteras.

El anciano, que había apoyado con vehemencia la decisión del monarca, se preguntaba ahora si ese no sería el verdadero motivo que explicaba el secuestro de Aldo. ¿Y si quien lo retenía solo pretendía acabar con el plan de Malkiel para salvar a su pueblo de la ignorancia? Por eso mismo era urgente que Estrella asumiera su destino, pues no solo se trataba de rescatar a un servidor leal de la Corona, sino también de defender la libertad en el reino.

—Ese sueño... —Samir hizo una pausa casi teatral con la que pretendía ganar tiempo: necesitaba dar con las palabras adecuadas si quería convencer a la reina.

—¿Sí?

—Tras él se esconden verdades de las que depende nuestro futuro, majestad.

—Ayudadme entonces a entenderlo. Sentaos conmigo y busquemos sentido a cuanto en él sucede. Podemos llamar a algún maestro pintor para que dibuje las imágenes que me visitan cada noche.

—No será necesario, bastará con que estudiemos su reflejo en el único lugar donde podréis hallar su significado.

—¿Os referís a...? —Estrella se detuvo antes de pronunciar el nombre del único lugar del reino al que no deseaba acercarse.

—Me temo que sí.

—Tiene que haber otra manera —se rebeló. No estaba dispuesta a cabalgar hasta allí. Eran demasiadas las historias que había escuchado sobre lo que les sucedía a quienes osaban hacerlo.

—No la hay, mi señora. El Lago de los Susurros es el corazón mágico del reino. El lugar del que nace cuanto en él desafía las leyes de la realidad. Allí fueron forjados los instrumentos que os salvaron. Y allí encontraréis las respuestas que necesitáis.

—¿Forjados? ¿En ese lugar del demonio?

—Cuenta una leyenda que fue allí donde, sin que nadie haya podido explicar cómo ni por qué, murieron decenas de mujeres y hombres en una misma noche. Artesanos y comerciantes que hoy yacen sepultados en el Lago donde se oyen sus voces.

—Los susurros de los muertos...

—Así es, mi reina. Muertos a quienes les robaron su mañana y que, en venganza, ocultan bajo las aguas todas las respuestas de nuestro ayer.

Estrella comenzó a deambular por la sala. Caminaba agitada de un extremo a otro, sin saber qué decisión tomar. Su cabeza le pedía cautela y distancia. Su corazón, coraje y resolución. No podía permitir que Aldo sufriera. No se perdonaría jamás que a Laura le sucediese algo. ¿Y si Samir estaba en lo cierto? ¿Y si sumergirse en aquel lago era el único modo de salvar cuanto le importaba?

—Debo avisar a Malkiel. He de comunicarle el destino de este viaje.

Samir negó con la cabeza.

—Decidle que hemos de ir juntos a Trierce, en misión de paz. Inventad algo que le permita saber que estaremos ausentes una jornada, pero no mencionéis el Lago de los Susurros. Bien sabéis que, en caso de hacerlo, querrá venir con nosotros.

—No quiero mentirle.

—¿De qué ha de servirle una verdad que podría llegar a costarle la vida? El Lago recibe mal a las almas que no convoca.

—¿Y cómo puedo saber que sus muertos sí esperan mi visita?

Samir le pidió, con un gesto, que tomara asiento. Dio dos fuertes palmadas y uno de los encargados de custodiar la Sala del Origen apareció raudo con un pergamino bajo el brazo. El anciano esperó a que estuvieran solos de nuevo y lo desplegó ante Estrella. La reina miró el mapa que se extendía ante ella y Samir recorrió todos y cada uno de los lugares que allí figuraban con su dedo índice. Al norte, el Acantilado de las Ánimas, el lugar donde ella y Malkiel se habían visto por primera vez, junto al mar de Swemel. Al este, las Cuevas del Tiempo dibujando la frontera con el belicoso reino de Aquidonia, con quienes las relaciones habían empeorado desde la repentina muerte del rey Hawart y la llegada al trono de Griselda. Al oeste, las Montañas del Olvido, que separaban el reino de la vasta estepa que acababa desembocando en los pueblos eslavos. Y también al norte, muy cerca del mar de Swemel, se extendía el Lago de los Susurros. El dedo de Samir se detuvo justo en él y siluteó la figura que, en el mapa, servía para señalar aquel peligroso lugar: un tilo majestuoso y gigantesco.

Estrella llevó la mano instintivamente a su medallón. Ahora ya no había duda alguna: Samir estaba en lo cierto.

Los muertos la estaban esperando.

VII

Malkiel apenas dijo nada en todo el camino.

Tras él, un séquito formado por diez de sus mejores soldados. Y, a su lado, Francesco, uno de los juglares a quienes más admiraba.

El joven poeta también cabalgaba en silencio, oprimido por una sensación de culpabilidad que no conseguía alejar de sí. Sabía que su obligación era acompañar al rey en la misión que se le había encomendado, pero se preguntaba si no debía haber opuesto resistencia para así alistarse en la expedición de rescate que dirigía Walhard.

—Os quiero junto a mí en Aquidonia —le había pedido el monarca unos días antes, cuando la noticia del secuestro de Aldo aún no había enturbiado la paz del reino.

—¿A mí, majestad? —se sorprendió Francesco, que no era capaz de adivinar cómo había de servir un juglar a un rey en un viaje como aquel—. ¿Y qué puedo ofreceros que sea tan valioso como para acompañaros?

—Célebre es vuestro ingenio en los versos. —El poeta sonrió con satisfacción al oír aquellas palabras—. Tanto que se dice que vuestras palabras pueden ser tan dolorosas como los más venenosos

dardos o tan bellas como el más apasionado de los amores. ¿No es cierto?

—No es justo que sea yo quien halague mi trabajo... Mal me parece convertirme en Narciso, majestad.

—Tampoco yo quiero Narcisos a mi lado, pero sí gente que pueda ayudarme a evitar la guerra que, de otro modo, se acerca inevitable. Es necesario alcanzar una paz estable y duradera con Aquidonia y dudo que sea posible convencer a su reina de ello sin alguien que maneje las palabras con tanta exactitud como vos. Si sabéis elegirlas para enamorar corazones, ¿no habréis de ser igualmente capaz de hacerlo para cautivar conciencias?

Nunca había pensado de ese modo sobre su oficio. Cantar era su manera de expresarse, pero jamás había creído que tuviera valor político alguno. ¿Un rey convirtiéndolo en su mensajero? ¿Cabalgando a su lado en una de las misiones más delicadas y, a la vez, importantes que había de afrontar el reino? Aquella mañana, el día en que Malkiel le comunicó que había de ser su acompañante, los grandes ojos azules de Francesco se llenaron de un brillo especial. Igual que su sonrisa. De repente, incluso su secreto, aquella verdad que lo atormentaba desde hacía demasiado tiempo, le parecía ridículo. Acababa de convertirse en alguien esencial para el futuro de su reino. Alguien que jamás había destacado con las espadas, pero sí con las rimas.

—Ojalá aún me quedara un hijo de quien sentirme orgulloso —le había dicho su padre antes de echarlo de su casa y prohibirle que regresara nunca más—. Ojalá no fueras tú el único de los hermanos que sobrevivió a la peste.

Aquellas palabras aún le seguían haciendo daño. Ni el tiempo ni la lejanía de aquella villa de Trierce donde había nacido habían conseguido aminorar ni un ápice el dolor que el desprecio de su padre le causaba. En eso fue en lo primero que pensó cuando Malkiel le dijo que, en adelante, sería su emisario de paz, un título que no había existido antes en aquel reino y que formaba parte de los cambios con que el monarca intentaba distanciarse de la era del rey Olav para adentrarse en tiempos nuevos donde había de renacer el arte y resurgir las palabras.

Ahora, sin embargo, saber que Aldo estaba en manos extrañas le hacía preguntarse si no había sido la arrogancia la que lo había llevado hasta allí, asumiendo un papel que le quedaba demasiado grande y que, quizá, ni siquiera fuera capaz de desempeñar. ¿Y si acababa dándole la razón a su padre? ¿Y si era cierto que el único hijo que había sobrevivido a la peste que había diezmado la población de Trierce era el que menos lo merecía? Francesco intentaba callar las voces de sus demonios, pero todos gritaban a la vez. Con demasiada fuerza.

—Parece que vienen a recibirnos... —rompió el silencio el rey.

A lo lejos, vieron un grupo formado por cinco jinetes sobre corceles blancos que cabalgaban raudos hacia ellos. Malkiel hizo una señal a sus hombres para que se colocasen en formación y pidió a Francesco que retrocediera unos pasos, asumiendo en soledad el protagonismo del encuentro que estaba a punto de suceder.

El juglar tuvo que bajar la mirada ante el brillo de aquellas armaduras, tan blancas y relucientes como sus caballos, cuyo fulgor resultaba casi insoportable a plena luz del sol. También Malkiel se sintió deslumbrado y, por un instante, no pudo evitar pensar en el animal maravilloso que, según le había contado Estrella, la perseguía en sus sueños. Aquellos jinetes, a quienes era difícil distinguir y que avanzaban como manchas blancas campo a través, podrían fácilmente confundirse con unicornios, centauros o pegasos. Seres que se volvían posibles bajo el hechizo hipnótico de aquel sol cegador. ¿Y si el sueño de Estrella era un presagio sobre lo que estaba a punto de suceder en Aquidonia? Malkiel se esforzó en alejar de sí el mal augurio y trató de concentrarse en responder a quienes habían salido a recibirlos.

—Bienvenidos —los saludó quien parecía ser el primero de los caballeros de aquel grupo de hombres—. La reina Griselda nos envía para acompañaros a palacio y haceros los honores que vuestras reales personas merecen.

Francesco contuvo una mueca de ironía al escuchar el lenguaje ampuloso y el tono hipócrita de aquel individuo, cuya corpulencia resultaba francamente amedrentadora.

—Agradecidos estamos por ello —le respondió cortésmente Malkiel a la vez que pedía a uno de sus soldados que se acercase y abriese el cofre que llevaba consigo—. También nosotros traemos presentes con que esperamos honrar a vuestra reina por su hospitalidad.

—Así ha de ser, que tan bien sabe Griselda valorar a sus aliados como castigar a sus enemigos. —Por primera vez, el tono del caballero dejó atisbar el peligro que, más allá de cortesías y ofrendas rituales, se ocultaba tras aquella misión. Se quitó el yelmo, dejando ver un rostro de facciones duras, ojos claros y una barba tupida—. Permitidme, antes de continuar nuestro camino, que me presente. Mi nombre es Bernard, conde de la Casa Mayor de Aquidonia.

Malkiel aceptó la escueta reverencia que el conde le ofrecía y, a su señal, iniciaron el último trecho que los separaba ya de la capital de Aquidonia, cuyas murallas blancas divisaron enseguida. Todo allí era del mismo color que los corceles y armaduras de quienes los guiaron hasta la presencia de la reina. Francesco se preguntó si habría alguna leyenda que explicase el porqué de aquel blanco que, como una nieve perpetua, cubría el paisaje a su alrededor. Poco tiempo tuvo, sin embargo, de pensar en ello, pues antes de que quisieran darse cuenta estaban a las puertas del palacio.

Mientras atravesaban el foso, Francesco volvió a escuchar, cargada de odio y de desprecio, la voz de su padre.

—Ojalá aún me quedara un hijo de quien sentirme orgulloso.

Entonces decidió que no iba a rendirse. Ni a amedrentarse. Que, pasara lo que pasara en ese encuentro con la reina Griselda, saldría de allí con la cabeza bien alta. Tanto como para atreverse a gritarle a su padre que ese hijo de quien debía sentirse orgulloso tenía nombre.

Y ese nombre era el suyo: Francesco.

VIII

Las pesquisas de los hombres de Walhard no habían arrojado luz sobre el destino de Aldo. Nadie sabía responder a cuanto les preguntaban: no habían oído su nombre y juraban no haber presenciado acción sospechosa alguna. El día estaba a punto de tocar a su fin y, tras recorrer todas las calles y barrios de la capital, seguían sin una sola pista que les permitiese averiguar su paradero. Desanimados, atravesaron el barrio de los artesanos convencidos de que, fuera quien fuera el culpable del rapto, debía de haberse llevado al príncipe de los juglares más allá de las fronteras del reino.

—¿Qué sucede ahí, capitán?

Walhard dirigió su mirada hacia el lugar al que apuntaba Laura. Un grupo de maestros y aprendices parecía discutir acaloradamente alrededor de alguien que, subido en un púlpito, los aleccionaba.

—Quedaos aquí —le pidió el capitán y ella, fiel siempre a sí misma, aguardó a que le diera la espalda para desmontar y desobedecerlo.

Lo que parecía, desde lejos, una reunión gremial era un grupo mucho más diverso. Hombres, mujeres y hasta algún niño se arremolinaban en torno a un individuo de rostro redondeado y reluciente calva, que agitaba sus manos con una expresividad que subrayaban sus brillantes ojos verdes. Laura logró colarse entre ellos sin que se dieran cuenta de su presencia. Solo era una joven más en medio de aquel tumulto donde las voces de unos y otros apenas le permitían escuchar al que parecía haberse erigido en el líder espontáneo de la reunión.

—¿Qué está sucediendo aquí? —los interrumpió Walhard con brusquedad—. ¿Cuál es la causa de esta algarabía?

—¿Causa? Ojalá solo tuviéramos una —respondió el hombre de los ojos verdes.

—¿Vuestro nombre, señor?

—Nicolás, maestro en el arte de la escultura y fiel servidor de nuestro rey.

¡Era él! Laura recordó entonces haberlo visto una vez en palacio, discutiendo con Samir y fray

Theobald sobre un encargo que el maese no parecía recibir de buena gana.

—¿Y cuáles son esos motivos que provocan tanto escándalo?

—¿No es razón suficiente el último secuestro? Otro acto de pillaje que se suma a los robos y a la violencia que vivimos en nuestras propias casas desde que el rey decidió invitar a los buitres que habían de devorarlas.

El murmullo de quienes los rodeaban se hizo más intenso y Laura podía distinguir vítores y elogios a las palabras que acababa de pronunciar el maestro.

—Nuestra es la obligación de encontrar al leal Aldo. No temáis.

Maese Nicolás volvió la cabeza hacia su auditorio:

—Acabáis de verlo con vuestros propios ojos: el poder jamás oye a su pueblo, solo nos quieren para que labremos sus tierras y construyamos sus palacios. —Se giró de nuevo hacia Walhard, arropado por las voces, cada vez más y más airadas, de quienes lo apoyaban—. ¿No habéis oído lo que acabo de deciros, capitán? Que rescatéis a ese juglar no acabará con nuestros problemas. Es más, ¿acaso el rey habría mostrado la misma inquietud si la víctima no fuera uno de sus hombres de confianza? Un poeta al que regaló el título de noble sin que haya en él una sola gota de sangre que lo justifique.

Parte de los presentes alzaron sus puños en señal de protesta y todos se mostraron conformes con su discurso. Laura casi podía palpar la violencia que la rodeaba: notó cómo las palabras del maestro encendían aún más la cólera de aquellas gentes, en quienes podía reconocer los efectos de la miseria y de la pobreza. ¿Y si era cierto cuanto maese Nicolás decía? ¿Y si ella misma se había olvidado del pueblo y se había convertido en el palacio en una prisionera de sí misma?

—Moderad vuestra lengua, anciano —le advirtió Walhard—. Las injurias se castigan con la cárcel.

—Cuidad entonces vos de nuestras casas y de nuestras familias, capitán. Salvadnos de esos agitadores que harán cualquier cosa para apoderarse de lo que no les pertenece. Quieren nuestros mercados, nuestras tierras, nuestras casas. Han venido huyendo de lugares donde ellos mismos arrasaron con todo y ahora, gracias al edicto, solo esperan en sus cuevas, agazapados como lobos, a que llegue el momento de abalanzarse sobre nosotros.

Los gritos de la muchedumbre se hicieron ensordecedores. Walhard intentó mandarlos callar, pero se dio cuenta de que tendría que imponer la fuerza si quería conseguirlo, así que prefirió alejarse y pidió a los suyos que guardasen sus lanzas y espadas. Los reyes no tolerarían que se respondiese a las quejas de su pueblo con la fuerza de las armas, aunque era urgente poner en conocimiento de Malkiel y de Estrella cuanto estaba sucediendo, de lo contrario aquellas llamas de descontento podían acabar desembocando en un terrible incendio.

Laura no veía el modo de escabullirse de aquella jauría sedienta de venganza que la rodeaba. Su angustia se transformó poco a poco en ira y la furia, en una música antigua que podía escuchar vibrar con fuerza en su interior. Una voz que gritaba por ella sin que nadie más pudiese oírla y que, de repente, parecía empujarla a través de las gentes que le impedían el paso. Sintiéndose dominada por aquella melodía que no tardó en reconocer como la misma que ya la había rescatado, años atrás, de las garras del posadero, corrió hacia su caballo.

—Os pedí que aguardarais aquí —la reprendió el capitán.

—Y aquí me tenéis de nuevo —le respondió ella mientras trataba de callar las notas que aún seguían sonando en su cabeza.

Anochecía. Una punzada de angustia oprimió su pecho y Laura tuvo que reprimir sus ganas de llorar de miedo y de rabia. Rabia porque ignoraba lo que la aguardaba. Miedo porque había presenciado un odio viscoso y tangible en el coro de gentes que jaleaban las palabras de maese Nicolás. Las llamas que habían preocupado a Walhard ya eran, a ojos de Laura, peligrosas hogueras. Urgía, pues, encontrar a Aldo, pero también dar noticia de que quizá el mayor enemigo del reino no fueran las ambiciones de quienes gobernaban más allá de sus murallas, sino el descontento y las acusaciones de quienes vivían dentro de ellas.

—En breve será noche cerrada —advirtió Walhard.

La joven sabía bien qué significaba eso.

—Mañana, tan pronto como amanezca, estaremos de nuevo en camino, pero ahora deberíamos buscar hospedaje para dormir hasta que el sol nos acompañe.

—Sea —respondió ella con parquedad, esforzándose por dominar su impaciencia. Era mejor reponer fuerzas y confiar en que la luz les arrojase algo de claridad en medio de tantas tinieblas—. ¿Y hacia dónde cabalgaremos, capitán? No hay rastro de él en todo el reino.

—Las palabras de maese Nicolás apuntaban al único lugar que aún no hemos visitado.

—Había tanto odio en su mirada y en quienes lo rodeaban...

—Son muchas las horas de trabajo y pocas las de sueño que esas gentes llevan consigo. Vos deberíais saberlo.

Laura se arrepintió de sus palabras: cierto era que a veces parecía olvidar su pasado de posadera y, en esos momentos, temía estar convirtiéndose en una mujer muy diferente a la que era en realidad. Una mujer de la que aquella joven de la posada, si alguna vez llegaba a encontrarse con ella, no sabía si se sentiría orgullosa.

—Entiendo su inquietud, pero no creo en sus acusaciones. Culpan de sus desgracias a gentes que ni siquiera conocen.

—Nada ha dicho ese escultor que no pueda ser cierto —insistía Walhard—. Y cuando hayamos encontrado a Aldo, también ha de ser nuestro deber dar noticia de ello al rey e investigarlo.

«No habéis estado conmigo en medio de esa muchedumbre», pensó Laura. «No habéis sentido la furia que latía en sus corazones. Ni los destellos de odio que parecían desprender, como si fueran llamas, sus miradas. No podéis entenderme porque no habéis sentido el poder de esa voz sobre sus discípulos. Ni habéis visto la fuerza con que las madres abrazaban a sus hijos cada vez que maese Nicolás mencionaba a los recién llegados. A esos nómadas que han venido de tierras desconocidas para acabar con su tranquilidad y con la paz de sus familias». Walhard no había vivido aquello como sí lo había hecho ella, así que era inútil que intentara explicarle por qué aquel maestro escultor la preocupaba tanto.

—¿Y cuál es ese lugar que aún no hemos visitado, capitán? —le preguntó a pesar de conocer la respuesta.

—Las Cuevas del Tiempo.

Aquella región, situada entre Aquidonia y el reino de los Tres Soles, no solo era el territorio más oriental del reino, sino también el más desprotegido. Un paraje donde la única ley que imperaba era la de la supervivencia, pues el calor extremo de sus veranos y el frío gélido de sus inviernos lo hacían invivible para cualquiera que no estuviera tan desesperado como para pretender cobijarse en alguna de aquellas cuevas. Gentes como quienes, tras la proclamación del Edicto de la muralla, habían dejado atrás lugares donde peligraba su vida por la tiranía o el hambre y que ahora se amontonaban en aquella región a la espera de que Malkiel y Estrella dictasen nuevas leyes que les ofreciesen un futuro distinto al presente en que, a duras penas, malvivían. En las cuevas solo quedaban quienes no habían podido demostrar que eran poetas, o músicos, o matemáticos, o astrónomos, y como no cumplían con los requisitos de aquel decreto que solo abrazaba a pensadores y artistas, seguían atrapados y semiocultos en aquel agujero inhumano. A ellos se refería maese Nicolás en su agitada alocución: ellos eran quienes habían traído los desórdenes al reino, organizando expediciones cuyo único fin era el pillaje y ocultándose en graneros y molinos donde acampaban antes de regresar a sus guaridas en las Cuevas del Tiempo. Eso era, al menos, lo que maese Nicolás afirmaba mientras elevaba sus manos al cielo en señal de injusticia.

—¿Y si tampoco lo encontramos allí, capitán? En las palabras de ese maestro cabían más injurias que certezas.

—No acuso a esas gentes, Laura. Pero quizá debamos preguntarles si vieron algo. Tampoco podemos olvidar que se hallan muy cerca de los aquidonios... Quizá todo esto responda a un retorcido plan para que nuestro monarca, preocupado por su fiel Aldo, fracase en su negociación con la reina Griselda.

Por primera vez desde que lo conocía, la joven miró al capitán de la guardia real con algo que se parecía a la admiración. Aquel hombre de maneras toscas y formas rudas –nariz chata, ojos saltones, frente pronunciada y, en suma, un rostro poco agraciado que coronaba un cuerpo fornido a pesar de hallarse entrado en años– la había sorprendido con su razonamiento. Quizá ella también era presa de los mismos prejuicios de los que, en su fuero interno, acusaba a maese Nicolás. A lo mejor era demasiado fácil juzgar sin mirar más allá de lo que resultaba evidente, olvidando que bajo lo que se ve se halla lo que de verdad se es.

—Puede que tengáis razón, capitán —le respondió—, y mañana hemos de comprobarlo.

Buscaron camas donde dormir en la primera posada que encontraron de camino a las Cuevas y acordaron volver a montar en sus caballos tan pronto como el primer rayo de sol irrumpiese en el horizonte. Laura asintió convencida de que estaría despierta mucho antes. En su cabeza, aquella noche no dejó de sonar la melodía que la había perseguido desde que era una cría y, por un momento, sintió que aquella música dibujaba en el aire la silueta de un joven con una mano amputada. Sofocó a duras penas un grito de pánico y corrió a encender un par de velas que mantendría junto a sí hasta que amaneciese.

IX

No dudaba de las razones que le había ofrecido Samir para cabalgar en plena noche hasta el Lago de los Susurros, pero ahora que podía atisbar su reflejo en la oscuridad de sus aguas, Estrella se preguntaba si aquella no sería, en verdad, una pésima idea.

—Hemos de actuar ya, mi reina. Es la única manera —le había asegurado el anciano justo antes de partir—. Con Malkiel en Aquidonia, mañana mismo han de buscaros para que seáis vos quien se ocupe de todos los asuntos que requieran la intervención real. Abandonar la sala del trono sería, además de una acción imprudente, un modo de provocar la curiosidad sobre vuestras acciones.

—Lo sé, Samir, lo sé... —Estrella era incapaz de apartar los ojos de aquel lago que parecía haberla hipnotizado—. Pero dudo si debo desvelar el sueño de los muertos.

—Nada puede desvelar a quien vive un sueño eterno, majestad. Y no olvidéis que son sus voces las que reclaman vuestra presencia, no al revés.

Estrella escuchaba a Samir con dificultad, como si su voz se perdiera a través de las frondosas ramas de los árboles que rodeaban el Lago. Entre ellos, majestuoso, destacaba el gigantesco tilo que tantas veces había aparecido en sus sueños y que tan semejante era al de su propio medallón, el único testimonio que guardaba consigo de sus padres. Allí estaba, esperándola. Lleno de secretos que, según el sabio árabe, solo ella estaba destinada a descubrir.

—Acercaos. —La voz de Samir se fundía con el viento: apenas podía discernir quién le daba esa orden que, como si alguien la hubiera hechizado, se sentía incapaz de desobedecer—. No temáis.

La reina caminó despacio hacia el tilo. Con pasos cortos pero seguros. No titubeó en ningún momento, a pesar de que su voluntad disputaba con su razón, que luchaban en vano por frenar sus pies.

—Acariciadlo. —Aquella voz era cada vez menos humana, como si las palabras brotasen del viento que pasaba entre las hojas de los árboles—. Poned vuestra mano en su corteza.

Quiso no hacerlo, pero su brazo se movió sin que tuviera tiempo de impedirlo. Posó su mano izquierda sobre el tronco del tilo y, en ese mismo instante, sintió cómo le ardían los dedos y el corazón. En su mente desfilaron imágenes confusas que se sucedían raudas, sin que tuviera tiempo de interpretar su auténtico sentido. Aldo junto a un muchacho de rasgos eslavos con una mano amputada. Malkiel frente a un caballero de tupida barba y desproporcionada musculatura. Laura entre una muchedumbre que gritaba y jaleaba a alguien a quien no consiguió distinguir. Y un unicornio blanco que, nacido de un charco de sangre, se alejaba galopando sin una sola mancha roja en su piel.

—¿Os encontráis bien?

Estrella abrió los ojos y se descubrió a sí misma tumbada en el suelo, a los pies del tilo, con Samir sosteniendo con cuidado su cabeza y ofreciéndole agua para recuperar el aliento.

—¿Qué ha sucedido?

—Se os ha otorgado el don de la entrada.

—¿El don de...?

Samir tomó su brazo izquierdo, el mismo con el que había intentado tocar aquel árbol, y Estrella notó que su medallón le provocaba una quemazón extraña. Al pasar sobre él la palma de su mano, pudo adivinar cómo, en el anverso, acababan de dibujarse los contornos de lo que parecía ser una llave.

—Solo quienes son elegidos por el tilo pueden descender al infierno que su espíritu custodia.

—Pero... —Estrella tenía tantas preguntas que no sabía cuál formular primero.

—Así ha sido, al menos, desde los tiempos de la matanza del Lago.

—¿Sabéis la verdad de lo sucedido en aquella ocasión, Samir? —Estrella sospechaba que, pese a su contumaz silencio, el anciano conocía la respuesta.

—Fue hace demasiado tiempo... Tanto que ya nadie lo recuerda —mintió—. Solo quedan los susurros de estas aguas y el tilo que, regado por las lágrimas de los muertos, creció de manera extraordinaria en mucho menos tiempo del que exigirían las leyes de la naturaleza. Pero hay algo más que debéis saber, majestad.

—Decidme.

El anciano hizo una breve pausa.

—Solo existen dos llaves como la vuestra. Dos llaves sin las que es imposible conocer todos los secretos de la noche. Y una de ellas, mi reina, la tenéis vos.

Estrella quería preguntarle a qué se refería exactamente con esos secretos, pero el anciano la apremió para que culminase la misión que los había llevado hasta allí.

—Cada vez falta menos hasta el amanecer, majestad, y aún hemos de regresar a palacio antes de que den la voz de alarma a causa de vuestra ausencia. Es necesario que lo hagáis ahora. Sin vacilar.

Las aguas del Lago le resultaban aún más oscuras y turbulentas que antes. Estrella apenas conseguía distinguir en ellas su silueta, cuyo contorno era esbozado por los plateados rayos de luna que caían sobre su cuerpo. Aquella mujer que admiraba en el Lago la esperaba con una sonrisa enigmática en la que le costaba reconocerse: ¿de verdad era ella la dueña de aquel reflejo?

—¿No hay otro modo? —Estrella intuía que aquella noche podía cambiarlo todo.

—Si queréis que la magia os ayude a salvar nuestro porvenir, es necesario que antes os sumerjáis en vuestro pasado.

Se acercó hasta la orilla y se repitió en voz baja, como si fuera un sortilegio, aquella palabra.

Porvenir.

El porvenir de Malkiel. De Laura. De Aldo.

El porvenir de toda la gente que confiaba en ella, que le había depositado su fe para gobernar el reino y guiarlo de la oscuridad hacia la luz.

Su tarea era demasiado importante como para que el temor pudiera imponerse a su voluntad. Así que dejó la capa sobre su caballo, se quitó las botas y, descalza, se internó en las aguas del Lago bajo la atenta mirada de Samir. Apenas había dado unos pasos cuando sintió que una fuerza desconocida se adueñaba de su cuerpo y la arrastraba, en medio de un remolino, a través de las aguas.

Cuerpos sin rostro tiraban de sus brazos y de sus piernas. Arañaban su piel. Agarraban su pelo. Quiso gritar, pero se dio cuenta de que, bajo el agua, era imposible. Nadie iba a escuchar su voz. Nadie podría encontrarla si no era ella quien conseguía salir de allí.

La audiencia fúnebre acababa de comenzar.

X

El banquete había sido abundante y suntuoso. Parecía evidente que Griselda, que rara vez se separaba de su consejero, el conde Bernard, se había propuesto deslumbrar a sus huéspedes con los mejores manjares y las más exquisitas músicas.

—Espero que mi humilde recibimiento haya sido de vuestro agrado.

—Así ha sido, que en ninguna otra corte imagino mejor acogida que en esta, mi señora.

Griselda respondió con una sonrisa casi imperceptible, un gesto tan gélido como la expresión de su rostro desde que Malkiel había llegado a su presencia. Ambos se habían estudiado con curiosidad, conscientes de que el delicado equilibrio de fuerzas entre sus reinos podía romperse con demasiada facilidad y recelosos de las intenciones de la persona que tenían ante sí. «¿Desearía

Malkiel invadir Aquidonia y sumar sus territorios al reino de los Tres Soles?», se preguntaba Griselda. «¿Podía confiar en la voluntad de paz de una reina de quien se rumoreaba que su ambición era incontenible?», sospechaba Malkiel. Las dudas sobre la muerte de su padre, que el conde Bernard se había ocupado de inculcar en el corazón de la reina, dificultaban aún más la negociación.

—Mañana hemos de cambiar la música por mapas y fronteras —sentenció el conde mientras los trovadores entretenían a los invitados—. No todo ha de ser placer en este viaje.

A Malkiel le desagradaba el tono arrogante de aquel hombre por quien se sentía juzgado desde que había llegado a Aquidonia. Nada en él parecía espontáneo, sino resultado de la premeditación, como si tuviera ante sí a alguien que siempre hablase tras una máscara que impidiese conocer su verdad.

—Es mi deseo que esta embajada sirva para consolidar la paz y acallar los rumores de guerra que inquietan a vuestros súbditos y a los míos —respondió con aplomo.

—Más que rumores —respondió Griselda—, son muchos los altercados que se han producido en las últimas semanas en la frontera entre vuestro reino y el nuestro.

Cierto era que las Cuevas del Tiempo, la región que había servido durante años como frontera natural entre ambos, se había convertido en lugar de agitaciones y tumultos, pero no era aquel un problema de expansión, sino de carencia: quienes protagonizaban los desórdenes a los que aludía la reina no eran gentes que quisieran poseer más, sino gentes que no poseían nada en absoluto.

—Mañana podré explicaros todo eso y calmar vuestros temores.

—¿Explicarme? ¿Acaso me confundís con una niña? —se indignó Griselda, a quien irritaba sobremanera la condescendencia de los demás—. No necesito que ningún hombre, sea rey o vasallo, calme temores que yo misma sé acallar.

—No pretendía...

—Y no hablo aquí de temores singulares, sino de la preocupación por mi pueblo y su bienestar. Que reina de poco valor sería si antepusiera mi tranquilidad a la de mis gentes.

—Me disculpo de nuevo, mi señora. No era mi intención dudar de vuestro valor con mis palabras.

—Nunca hay intención de cuestionarnos en las palabras que los hombres nos dedicáis a las mujeres, pero bien os las arregláis para conseguirlo.

Malkiel bajó la cabeza en señal de respeto y el conde sonrió para sus adentros, convencido de que la torpeza del monarca había sido un buen inicio para el fracaso de las negociaciones que empezarían al día siguiente. Nada deseaba tanto como que la guerra tan temida por su reina estallase de una vez: aquella contienda sería la ocasión que llevaba tiempo anhelando para hacerse con el poder en un reino que necesitaba mano dura y no un gobierno débil y oscilante, marcado por las eternas dudas de aquella mujer que se empeñaba en sofocar con pactos lo que debía someterse con las armas.

—Ha llegado la hora de retirarnos —anunció Griselda—, mañana nos espera un largo día.

—Así es —la siguió Malkiel—. Espero que las horas que hemos de compartir resulten suficientes para demostraros que mis palabras, por erradas que hayan podido pareceros, nacen del respeto y el deseo de amistad entre nuestros reinos.

—Tenaz sois en vuestras no pedidas excusas.

—Y vos en vuestra pretendida injuria.

Los dos recibieron con desagrado la alusión del contrario y, sin mediar una sola palabra más, se pusieron en pie dispuestos a retirarse a sus aposentos. El conde escoltó a Griselda mientras murmuraba a su oído comentarios que Malkiel podía imaginar llenos de veneno contra su persona y él buscó con la mirada a Francesco, a quien descubrió compartiendo vino y conversación con los trovadores aquidonios. «Mayor suerte ha sido la suya», se dijo y, en vez de exigir que se retirase con él, prefirió dejarlo allí, con la esperanza de que sus labores diplomáticas estuvieran gozando de más éxito.

Francesco, que tardó en percatarse de la ausencia de Malkiel, disfrutaba de la compañía de aquellos poetas y músicos que, según le habían contado, gozaban de la protección real a cambio de sus poemas.

—¿Y no limita eso vuestra inspiración? —se atrevió a preguntarles.

—Con el rey Hawart era diferente... —le respondió Gerhard, un joven rubio y de ojos intensamente azules con quien no había dejado de hablar a lo largo de toda la cena—. Pero, por suerte, su hija no ha heredado el miedo a los versos de su padre.

—¿Sois más libres, entonces?

—Lo somos —le respondió Gerhard con una amplia sonrisa que iluminaba su rostro—. Antes se nos obligaba a componer trovas contra nuestros enemigos y loas para nuestros generales. Hoy, sin embargo, Griselda solo nos pide que, en nuestros cantos, no olvidemos, entre amores y requiebros, dar testimonio de la historia de nuestro pueblo.

Si aquel trovador no mentía, era mucho lo que su reina y Malkiel tenían en común, pues ambos habían desamordazado a los poetas y les habían devuelto la palabra que sus padres, por causas diferentes, les habían robado.

—¿El blanco de vuestras armaduras e insignias forma parte de esa historia? —preguntó Francesco con curiosidad.

Gerhard asintió.

—Aunque quizá no sea ese el mejor de los temas para iniciar una amistad. —Y su sonrisa, que se le antojaba sincera y cálida, volvió a deslumbrarlo—.

No sé si es justo que debamos vivir bajo las sombras de quienes nos precedieron.

—No se trata de heredarlas como si fuéramos culpables de lo que no hicimos —le respondió el juglar—, pero tampoco de ser ignorantes de sus efectos. ¿Cómo podemos sanar las heridas si escondemos sus cicatrices?

—No pensaba así vuestro rey Sören...

—¿El padre del rey Olav?

—¿Y quién si no?

Poco se sabía del mandato de aquel monarca o, al menos, nada recordaban los más jóvenes de cuanto hubiera podido hacer el predecesor de Olav en el trono.

—Su hijo se encargó de acabar con las memorias que lo avergonzaban... ¿Por qué creéis que puso tanto empeño en el destierro de toda vuestra estirpe?

Desde que el reino se había liberado de la perversa sombra de Alcestes, nadie había vuelto a dudar de la buena voluntad de Olav, a quien veían como una marioneta en manos del Gran Inquisidor. La revelación de Gerhard, sin embargo, oscurecía ese recuerdo: ¿y si con el silencio de los juglares Olav también estaba intentando silenciar la historia del reino? De ser cierto, se habría encargado de impedir que hubiese crónica alguna donde se recogiesen las acciones sanguinarias y el cruel legado de su padre.

—Mucho antes de los tiempos de Sören, Aquidonia apenas se parecía a cuanto hoy veis. —Gerhard extendió sus brazos aludiendo a la opulencia que los rodeaba—. No éramos más que un pueblo errante, gentes que buscaban un pedazo de tierra en el que empezar a ser quienes éramos, después de que las tribus del oeste hubiesen diezmado nuestras familias. Eso, al menos, es lo que nos han contado nuestros mayores. Y en sus crónicas se dice cómo, cuando Aquidonia empezaba a ser mayor de lo que nadie había soñado, el rey Godwin, padre de Hawart y abuelo de Griselda, decidió que una expedición visitase, en busca de alianzas, los lugares vecinos. Hombres, mujeres y niños partieron en carros decorados con colores vistosos y festivos, pues se pensó que sería más sencillo llegar al corazón de quienes no conocíamos si nos presentábamos ante ellos como gentes alegres y pacíficas. Soñadores que iban a tender la mano a quien quisiera aliarse en nuestro deseo de paz y de convivencia. Pero el sueño se tornó pesadilla a las orillas de un lago en el que se detuvieron, a mitad de su viaje, para pasar la noche. Todos cuantos allí estaban fueron sorprendidos por los soldados del rey Sören que, convencido de la hostilidad de aquellas gentes a quienes siquiera

permitió defenderse, dio la orden de que fueran degollados. Uno a uno. Cuentan nuestras crónicas que los soldados lanzaron los cadáveres al lago y lo tiñeron con el rojo de su sangre. Y que, justo cuando se disponían a abandonar aquel lugar ya maldito para siempre, se volvieron al escuchar cómo algo emergía de sus aguas: un unicornio blanco, de piel inmaculada, que nacía de aquel mar de sangre y galopaba raudo en dirección a Aquidonia. Desde ese día, en recuerdo de quienes dieron su vida por el sueño de una paz imposible, el reino se volvió tan blanco como aquel unicornio: se pintaron los muros, se forjaron nuevas armaduras y se cubrieron con telas blancas los puestos del mercado. Porque, existiera o no, aquel animal se convirtió en símbolo de futuro y en recordatorio del pasado.

Francesco guardó silencio. Si cuanto Gerhard le había contado era cierto, también era posible que Olav hubiese decidido el destierro de los juglares con el afán de que se olvidase la matanza perpetrada por su padre. ¿Conocería Malkiel los actos de su abuelo? ¿Sabría que el rey Sören había dado la orden de acabar con la vida de tantos inocentes? El juglar estaba seguro de que no y se preguntaba qué debía hacer ahora que había descubierto esa incómoda verdad. ¿Decírsela al monarca? ¿Callarla y alejarlo del dolor que pudiera provocarle? Las palabras de Gerhard habían abierto en él una duda para la que no tenía respuesta. ¿Y si tomaba la decisión equivocada? ¿Y si su padre, el hombre que lo había echado de casa, estaba en lo cierto cuando lo acusaba de ser una desgracia para el honor de su familia? Necesitaba hacer esto bien, ayudar a Malkiel a triunfar en su empeño pacifista y se preguntaba si avivar las llamas del pasado no sería contrario a ese deseo.

—¿No decís nada? —le preguntó Gerhard—. Mucho parece que os ha alterado una historia sucedida hace tanto tiempo...

—Cómo no había de alterarme lo que en nada me hace sentir orgulloso.

—¿Entendéis ahora que mi pueblo desconfíe del vuestro?

Por supuesto que lo comprendía. No se trataba solo del rencor por el vil asesinato de aquellos hombres y mujeres que en nada habían ofendido a Sören, sino también del silencio en el que habían enterrado aquel terrible crimen cuya verdad nadie

conocía en el reino de los Tres Soles.

—En nuestra mano está intentar cambiar eso —le respondió con aire decidido Francesco— y en la vuestra, permitir que podamos lograrlo.

—Me complacen vuestras palabras. —Y el trovador posó su mano sobre el hombro del joven, que sintió cómo algo se removía, en ese mismo instante, en su interior. Una sacudida extraña y luminosa, casi tanto como la sonrisa de Gerhard, que le impidió recuperar el habla durante unos segundos. La voz de su padre, de repente, sonaba un poco más lejos, como si la mano que seguía sobre su hombro pudiera acallar aquellos gritos e imponerse sobre la vergüenza que aún le causaban.

La música, que se había ido apagando lentamente, cesó por completo y los invitados al banquete acabaron por retirarse antes de que amaneciese el nuevo sol. Mientras Gerhard lo guiaba a los aposentos donde había sido alojado, Francesco se debatía entre la calidez que le inspiraba el trovador y la crueldad de la historia que había dibujado con sus palabras. Por primera vez había conocido la verdad que se ocultaba tras la leyenda. El episodio que explicaba las voces que, según se decía, aún podían escucharse, noche tras noche, en el paraje más aterrador de todo el reino. El único al que jamás había osado acercarse.

El Lago de los Susurros.

XI

Estrella abrió los ojos, pero aún tardó unos segundos en darse cuenta de dónde estaba.

Tendida en el suelo, se descubrió rodeada de sombras con apariencia humana entre las que no era capaz de identificar ni uno solo de sus rostros. Se puso en pie con dificultad y experimentó una levedad insólita, como si su cuerpo pudiera desplazarse sin siquiera arrastrar los pies por aquella dimensión en la que, al caer en el Lago, había entrado. Ni rastro de humedad, ni del agua, nada había a su alrededor que le devolviese la imagen del lugar en el que se había sumergido. A cambio, se veía a sí misma caminando por un bosque siniestro que parecía un dibujo distorsionado del que crecía en la superficie.

Sin saber adónde dirigirse ni cómo conseguir las respuestas que Samir la había llevado a buscar, comenzó a moverse con torpeza, tratando de no caer al suelo a pesar de la velocidad con la que sus piernas se deslizaban en aquel paisaje donde no había rincón que no pareciese nacido de una de sus pesadillas.

Antes de que tuviese tiempo de reaccionar, la silueta de una bellísima mujer gitana de ojos negros y largo cabello ensortijado se acercó sigilosa. Estuvo a punto de salir corriendo hacia ella, pero sus pies no la obedecieron. De algún modo, desde que se había sumergido en sus aguas, era el Lago quien guiaba sus pasos. En ese momento se dio cuenta de que no tenía sentido esforzarse por caminar en dirección alguna: su única opción era aceptar los encuentros que aquella noche la estaban aguardando.

—¿No me reconoces?

La sombra se dirigió a ella con una confianza de la que nadie había hecho uso desde que había ascendido al trono del reino. Algo en su interior se rebeló contra aquella mujer imprudente que osaba hablarle con semejante cercanía, pero la ternura que desprendía su voz hizo que le permitiera seguir hablando.

—Lo entiendo —se quejó aquella silueta con voz de memoria lejana—. Cómo ibas a recordar a quien no conociste.

Estrella lo supo antes de que pronunciara aquella palabra. La única palabra que podía hacer que dejase caer sobre la tierra su cetro de reina y permitiese revivir a la niña que vivía en ella y a quien, presa de sus silencios y secretos, había obligado a callar durante tantos años.

—Cómo podías reconocerme..., hija.

Se quedó inmóvil. Incapaz de saber si quería correr a abrazar a aquella sombra o si, por el contrario, prefería cerrar los ojos y confiar en que su tiempo bajo aquellas aguas invisibles cesara cuanto antes. Nada había dicho Samir sobre el modo en que lograría salir del Lago y, de repente, eso también la preocupaba. Tanto como no ser capaz de sentir nada ante una revelación que no había pedido y que ya había asumido que jamás iba a suceder.

—No creas que he venido a ti buscando causarte más dolor—. La sombra se aproximó lentamente y Estrella pudo apreciar su cuerpo translúcido, casi gaseoso: miembros de humo y agua que fingían la corporeidad humana y que, sin embargo, no eran más que el vendaje de un espíritu; no importaba, pues, que quisiera o no correr a abrazarla, pues no era posible abrazar el humo—. He venido porque hay algo que necesitas saber.

Las palabras de Samir se hacían realidad: el pasado abría las puertas del futuro. Podía entenderlo, sí, podía llegar a comprender la necesidad de ese sacrificio, ¿pero por qué había de ser ella quien reviviera la única de las heridas que jamás conseguiría sanar? ¿Era justo que sus deberes de reina la obligasen a sacar de su encierro a aquella niña huérfana a quien llevaba años alejando de sí misma? ¿Era necesario que la hiciesen mirar a los ojos a aquella cría que jamás conoció a su madre y le dijeran que hoy la tenía ante sí, años después de haber sido asesinada por el Gran Inquisidor y convertida en un ser intangible y fantasmagórico? Estrella maldijo su suerte mientras su madre, consciente de cuanto debía de estar atormentándola, permanecía en silencio.

—Hemos de darnos prisa, hija. —Cada vez que Indira repetía aquella palabra, la niña se hacía aún más real—. Si los vivos permanecen aquí más tiempo del que el Lago les permite, sus aguas los sepultan para siempre.

—¿Pero cómo podré salir de aquí? —fue todo lo que acertó a preguntar.

Calló, antes de pronunciarla, la palabra prohibida. La palabra que se había acostumbrado a no decir jamás. A no echar de menos. La palabra que la obligaba a recordar cómo Alcestes y Larson habían asesinado a su padre. Cómo la habían arrancado del vientre de su madre. Cómo habían acabado con las vidas de Jamil y de Indira para secuestrar a su hija y convertirla en fiel sierva de sus más oscuros planes. No la dijo. No la expresó en voz alta porque temía cuanto se podía desatar en su interior, donde sentía que, si llegaba a hacerlo, correría con más fuerza y su poderosa sangre gitana. Por un instante, hubiera querido atreverse y llamarla *madre*. Solo una palabra. Solo una vez en toda su vida. Solo aquella noche donde el pasado, envuelto en humo, se hacía de nuevo real.

Pero no lo hizo.

—Hay algo que debes ver, Estrella.

Sus piernas, una vez más, se movieron sin que fuera ella quien las conducía y, de repente, se hallaba junto a su madre en medio de un remolino de imágenes y voces donde resultaba difícil interpretar cuanto ocurría. Indira extendió los brazos y consiguió detener aquel torbellino con suma dificultad. Sus miembros de humo parecía que fueran a desencajarse en cualquier momento mientras ella gritaba de dolor, consciente de que no tardaría mucho en desvanecerse.

—¡Escucha, hija! —Estrella quería pedirle que bajara los brazos. Indira no se lo permitió—. ¡Escucha cuanto el Lago necesita decirte!

No hubo abrazo.

Tampoco despedida.

La sombra de su madre se deshizo ante ella con la misma presteza con la que había llegado, dividida entre las sombras que ahora, nacidas del anterior torbellino, la rodeaban. Imágenes que no componían escenas completas. Retazos de un mural eternamente inacabado. Pinturas en movimiento que Estrella trataba de memorizar antes de que el Lago la devolviese a la superficie.

Malkiel y uno de sus juglares junto a una copa llena de veneno.

El grito de Aldo y una mano amputada.

Casas blancas llenas de medias lunas teñidas de sangre.

El fuego asolando las casas y plazas del reino.

Un viento huracanado arrancando las páginas de un libro en el que creyó ver un árbol idéntico al de su medallón.

Y, más al fondo, lejos de todos ellos, un sabio árabe entregaba un colgante a una joven de ojos profundos y larga melena rizada. Una mujer que, si su instinto no la engañaba, parecía ser la mismísima Indira. Pudo oír como aquel hombre le decía:

—Algún día vuestra hija salvará nuestro reino.

Indira puso aquel medallón alrededor del cuello de su bebé y este, de repente, se transformó en el vivo reflejo de Estrella, que se estremeció al convertirse en espía de sí misma. El sabio, de rasgos y voz similares a aquel extraño hombre que les diera laúdes y flautas a Laura y a ella tiempo atrás, le susurró algo al oído que no llegó a entender. Después, con la misma ceremoniosidad y secreto que la primera vez, le entregó las páginas de un libro:

—Cuando el tilo arda, arderán sus palabras.

Estrella intentó preguntarle qué significaba aquel críptico mensaje, pero tampoco en esta ocasión obtuvo respuesta.

—No tardéis en despediros de él —le advirtió aquel singular personaje antes de desvanecerse en la oscuridad—. Una vez que hayáis cumplido con vuestro deber, no volveréis a verlo.

—¿Pero a quién...?

Su voz fue ahogada por el ruido que nacía de nuevo de aquellas imágenes, otra vez en movimiento a causa del viento que arreciaba en el valle donde Estrella creía hallarse. La fuerza del vendaval arrastró su cuerpo en dirección contraria a la del fresco donde seguían moviéndose Malkiel, Aldo y los demás, privándola así de las claves para interpretar lo que había visto. En su cabeza no había más que preguntas, pero el Lago, deseoso de poner fin a su visita, no estaba dispuesto a responder ninguna de ellas.

Sintió cómo su cuerpo era mecido por las olas de un mar imposible, como si aquellas aguas que parecían haberse vuelto invisibles mientras estuvo en el fondo, se hiciesen ahora reales e infinitas, obligándola a ascender hasta la superficie y empujándola con violencia hasta la orilla.

Samir la ayudó a salir de allí y la reclinó con cuidado sobre una manta que había preparado para arroparla a su regreso. Estrella era incapaz de articular palabra, tiritando a causa del frío y del pavor que la cercanía de los muertos habían desatado en ella.

—Calma, alteza —intentó tranquilizarla el anciano—. Ahora necesitaréis dormir antes de dar con las respuestas que buscáis.

—He visto... —La reina solo alcanzaba a balbucear cuanto le hubiera gustado decir—. Estaban allí... Todos...

Samir se llevó el dedo índice a los labios en señal de silencio. La ayudó a incorporarse y la subió a su caballo, dispuesto a comenzar el regreso al palacio. Era necesario que llegasen antes de que nadie pudiera percatarse de su ausencia. Solo cuando Estrella hubiera descansado podría interpretar lo que aquel Lago había intentado decirle. Samir, que siempre había tenido confianza en aquella joven decidida y valiente, estaba seguro de que sabría hacerlo.

Si cuanto el anciano había leído en las estrellas era cierto, el suyo era uno de los dos nombres de los que dependía el futuro del reino.

Estrella, gracias a las voces de sus ancestros, acababa de descubrirlo.

La segunda persona aún no podía siquiera imaginarlo.

XII

Ninguno de los dos había sido capaz de dormir.

El insomnio se había adueñado de ambos y Laura había pasado la noche pensando en Aldo con la misma intensidad con la que el juglar la había pasado pensando en su dama. No importaba la distancia que los separase, seguían sintiéndose unidos por el vínculo que había nacido entre ellos el mismo día en que se conocieron y que, desde entonces, no había hecho otra cosa que fortalecerse.

Con los primeros rayos de sol, Walhard avisó a Laura de que había llegado el momento de retomar su marcha, a la vez que Darko, a quien habían atado junto al juglar, despertaba del profundo sueño en que lo había sumido el dolor. Fuera de la cueva donde estaban presos, se escuchaban las voces de quienes los vigilaban, coordinados por aquel caballero del que Aldo desconocía el nombre y a quien todos obedecían.

El juglar se sentía tan agradecido como culpable ante aquel joven que había perdido su mano por no querer mutilar la suya. Le pidió con un gesto que le quitara la mordaza que le impedía hablar, pero el muchacho negó con la cabeza, muerto de miedo, temiendo que las consecuencias de esa acción pudieran resultar aún más graves.

—¿Y si han sido ellos? —Laura estaba segura de conocer la respuesta de Walhard, pero prefirió formular su pregunta con la esperanza de equivocarse en sus intuiciones—. ¿Qué creéis que ocurrirá si descubrimos que han sido las gentes de las Cuevas quienes tienen preso a Aldo?

El capitán la miró con tristeza. No hacía falta que dijese una sola palabra más: en su gesto se podían leer las funestas consecuencias que aquel hallazgo tendría para el reino y, muy especialmente, para sus gobernantes.

—Sería un duro revés para las decisiones de nuestros reyes. En ese hallazgo, los agitadores encontrarían nuevos motivos para desacreditar su edicto y pedir que se cierre, de nuevo, la muralla.

Laura recordó las palabras de maese Nicolás y el efecto que causaban en quienes oían aquel parlamento lleno de inquina y animadversión. Y, por un instante, deseó que sus pasos no los llevaran hasta Aldo. Que cabalgar hasta las Cuevas fuera en vano y su impaciencia no se viera premiada: prefería esperar un día más y encontrar al hombre que amaba en cualquier otra parte antes que renunciar a todo cuanto Aldo y ella defendían. Su lealtad hacia Malkiel y Estrella no era solo una cuestión de amistad, sino también de principios: el camino hacia el trono había sido posible gracias a su lucha por la libertad, así que no estaba dispuesta a bajar la guardia ahora que otros querían arrebatársela.

—Muchas voces culpan al joven rey de haber quebrado la paz que había labrado su padre.

—No era aquello paz, sino silencio —protestó Laura—. Un pueblo que calla por miedo es tan esclavo de las palabras que dice como de los silencios en que se ahoga.

—A veces ese silencio es necesario para que el orden sea posible.

—¿Y de qué sirve ese orden si no nace de la voluntad, sino del castigo?

—La ley ha de cumplirse.

—Bien lo sé, Walhard. Pero, para que se cumpla, primero ha de ser justa.

—¿Acaso no son justas las leyes? —reaccionó el capitán con extrañeza.

—No cuando los tiranos las imponen en su beneficio.

Aldo habría asentido si hubiera podido escuchar las palabras de Laura. Pero, desde su cueva, no podía oír más que la respiración agitada de Darko, los pasos nerviosos de las gentes que los custodiaban y el latido, cada vez más apresurado, de su propio corazón. La sangre golpeaba su sien como si todo su cuerpo quisiera rebelarse contra las ataduras que lo mantenían preso e inerme, convertido en víctima de un plan que cada vez le parecía más sospechoso. ¿Por qué seguía aún con vida? ¿Qué pretendían conseguir con su secuestro? No había visto partir a ningún emisario con noticias hacia palacio. Nadie se había ocupado de comunicar cuál había de ser el precio de su rescate.

Y tampoco parecía probable que quisieran quitarle la vida. Al menos, no de momento. En realidad, ni siquiera podía acusar a sus captores de violencia extrema: solo el jinete que los lideraba era capaz de esa crueldad. Los demás daban la impresión de seguir sus órdenes con desidia, como si ocultaran algo que quizá Darko, ese joven valiente que había sido capaz de rebelarse contra el sanguinario caballero, le pudiera explicar.

—No me pidáis más —se excusó ante la súplica que podía leer en la mirada del juglar—. Bastante caro me ha salido ya no cumplir con sus órdenes.

Si aquella mordaza no le impidiese hablar... Aldo no quería gritar, ni pedir socorro. Ninguna de aquellas ideas imprudentes había cruzado su imaginación: solo necesitaba algunas respuestas que le permitiesen entender qué estaba sucediendo. Le bastaría con que Darko soltase un poco la venda que cubría su boca. Nadie tenía por qué darse cuenta de ello. Es más, nadie podría oírlos.

—No insistáis. —El muchacho sentía cómo se clavaban los ojos del juglar en los suyos, apelando a lo que más odiaba de sí mismo: su incapacidad para soportar la injusticia.

«Si no te metieras siempre en líos, mi hijo. Si no fueras el trueno que corre tras el relámpago...». ¿Cuántas veces le habría dicho su madre alguna de aquellas frases? ¿En cuántas ocasiones lo habría llamado Trueno por no saber callar a tiempo? «Trueno», le decía con cariño, «mi Trueno»... Y a Darko se le humedecieron los ojos al recordar la noche de la despedida. La madrugada en que, hacía ya muchas lunas, le había dado el último beso para partir en busca de un lugar mejor.

—A mí solo me queda esperar a la muerte. La enfermedad no dará tregua al saco de huesos que ahora soy..., pero tú, hijo, tú tienes tanto que vivir aún... Busca un lugar donde la tierra sea fértil y el cielo, amplio. Un lugar donde no se pudran tus raíces como se han muerto aquí las mías. Esta tierra es pasado y es hambre, mi Trueno, pero la tuya ha de estar llena de ríos y de esperanza.

Cuando la soledad le hacía daño, en todas las noches en que la humedad y el frío de las Cuevas dolía más de lo habitual, Darko cerraba los ojos e intentaba revivir aquel abrazo. Imaginaba el cuerpo huesudo de su madre rodeándolo, el beso en la mejilla, el calor de quien se despedía de su hijo al tiempo en que decía adiós a su propia vida. La mujer que lo había sacrificado todo por ese Trueno, su pequeño Trueno, que se prometió, en el mismo momento en que se alejaba de ella, que jamás haría nada que no la hiciera sentir orgullosa.

No callaría ante lo que considerase injusto.

Ni agacharía la cabeza cuando debiera rebelarse.

Ni se escondería de aquellos a quienes hubiera que plantar cara.

Por eso se había negado a cortar la mano de Aldo. Y por eso, aun sabiendo que aquella era la menos cuerda de todas las decisiones posibles, se acercó a él y aflojó ligeramente la venda que sellaba sus labios.

—Gracias —susurró el juglar, consciente de que nadie debía oír sus voces—. Os he de estar por siempre obligado a vuestra generosidad y vuestra gentileza.

—Poco tiempo habéis de estarlo si nos descubren, ya que acabarán nuestras vidas en ese punto.

—¿Y qué razón hay para ello? —Aldo señaló con la mirada la mano amputada de Darko—. ¿Podéis decirme quién es el caballero que os hizo eso?

—Ignoro su nombre.

—¿También vos me mentís?

—No lo hago. Os lo aseguro.—La voz del joven parecía sincera—. Solo sé que vino a nosotros, rodeado de un séquito de soldados tan armados como fieros, y nos amenazó con arrasar lo poco con que vivimos en las Cuevas, si no lo ayudábamos en sus planes. Si lo hacíamos, prometió guiarnos hasta un nuevo lugar en el que el frío y la humedad no nos devoren con la misma saña con que el hambre atenaza hoy nuestros estómagos. Pero si nos negábamos, lo perderíamos todo. Incluso la vida.

—¿Jamás visteis su rostro?

—Nunca, pues no hay ocasión en que no aparezca ante nosotros cubierto con su yelmo. Noble del reino de los Tres Soles dice ser, harto de los desmanes de su nuevo rey y de la concubina con quien comparte el lecho.

—¿Así llama ese rufián a nuestra reina?

—Así lo hace y no evita ocasión para incendiar los ánimos de los míos contra quienes considera culpables de nuestra desgracia.

—¿Vos también lo pensáis?

—Pienso que vine aquí huyendo del hambre y la guerra, pero solo encontré frío y miseria. No sé si vuestros reyes son culpables de lo que nos oprime, pero quizá sí lo sean de lo que no tenemos.

Aldo quería responder algo, pero el repentino alborozo que se oía más allá de la cueva obligó a Darko a tensar de nuevo la mordaza a la vez que se asomaba para ver qué estaba sucediendo. Ante sí, descubrió a una mujer que cabalgaba al frente de lo que parecía ser una expedición militar. Un capitán que descabalgaba y corría junto a sus hombres a revisar todas y cada una de las cuevas. Y lejos, tanto como para que ni la mujer ni el soldado pudieran ya verlos, el caballero sanguinario y sus secuaces, galopaban raudos, huyendo hacia un destino desconocido y remoto.

Los hechos se sucedieron tan deprisa que Darko ni siquiera tuvo tiempo de reaccionar: el capitán que apuntaba con la espada a su cuello, la mujer que le exigía respuestas, los gritos asustados de los demás habitantes de las Cuevas y el momento en que Aldo, al fin, era hallado por quienes habían llegado allí dispuestos a rescatarlo.

—¡Soltadlo! —gritó el juglar tan pronto como aquella mujer le quitó la venda que lo amordazaba—. ¡Ese joven me ha salvado la vida! ¡Soltadlo!

Darko agradeció que intercediera por él con tanta presteza, pues ya sentía el filo de la espada tan cercano a su piel como si quisiera atravesarla.

—¡Aldo, mi bien! —gritó aquella joven aguerrida que había despertado la admiración de Trueno.

—¡Laura!

Mientras los amantes se fundían en un abrazo interminable, el capitán de la guardia real ordenaba que vigilasen a todos los que se hallaban allí presentes. Hasta que no supieran qué era lo que había sucedido no se permitiría que nadie abandonase las Cuevas sin su permiso.

Al fin había terminado todo, pensó Walhard y se felicitó por haber alcanzado aquel feliz desenlace.

Lo que el capitán de la guardia real no sabía es que, en realidad, era todo lo contrario.

Lo peor solo acababa de empezar.

XIII

A la más dulce de sus noches hubo de seguir el más amargo de sus amaneceres.

Francesco guardaría para siempre el instante en que, solos y cobijados bajo la complicidad de la luna, se había atrevido a acercar su cuerpo al de Gerhard, quien, dominado por los efectos del vino y de la madrugada, seguía entonando baladas que hablaban de tierras lejanas y de amantes furtivos. No recordaba cómo había sucedido, ni quién había sido el primero en buscar los labios del otro, pero le bastaba con repetir en voz baja el nombre del trovador para volver a sentir ese beso tímido, casi pueril, que había convertido aquella velada en la más memorable de toda su vida. Nada más se atrevió a decir, pues algo en su interior lo obligó a acortar la despedida y a encerrarse, ya solo, en sus aposentos, como si aquel momento hubiera sido obra del vino y la mañana pudiera borrar su rastro.

El despertar debía haber sido amable, luminoso. Francesco estaba seguro de que la mañana lo recibiría con el mismo júbilo con el que él se había arropado bajo las sábanas. Porque, por una vez en toda su vida, no había sentido vergüenza. Ni remordimiento. Ni siquiera culpa. Mientras Gerhard cantaba junto a él, había dejado de escuchar la voz disgustada de su padre. No se oía nada que no fuera la nueva música, la melodía que acabarían sellando con un beso del que nadie, salvo la luna, había de ser testigo.

Pero el día no fue tan generoso con Francesco como lo había sido la noche anterior. Los soldados de Griselda se encargaron de despertarlo con ruidos y golpes que le hicieron temer por su propia vida. Podía oír como crujían sus armaduras a la vez que sentía cómo lo zarandeaban y obligaban a ponerse en pie para llevarlo a presencia de la reina.

—¿Qué ocurre? —gritaba sin que nadie le diese respuesta alguna—. ¿Queréis decirme qué está pasando?

Sus preguntas caían sin propósito en el pesado silencio de aquellos hombres que ni siquiera le dieron tiempo para vestirse. Medio desnudo y cubierto a duras penas con las sábanas de la cama donde había pasado la noche, fue arrastrado sin piedad hasta el salón del trono, donde lo esperaba Griselda. A su lado, de blanco tan impoluto como el vestido de su reina, el conde Bernard, y, a unos pasos de ambos, Malkiel, cuyo gesto revelaba tanta perplejidad como inquietud.

—¿Así pretendíais firmar la paz? —preguntó la reina a Malkiel a la vez que los soldados vaciaban el contenido de las alforjas que Francesco había llevado a Aquidonia como equipaje—. ¿Llenando mi corte de espías?

Entre los objetos que cayeron al suelo, aparecieron mapas y documentos que, sin duda, pertenecían a los aquidonios. Pergaminos que el joven juglar jamás había visto y que no sabía cómo habían podido llegar a su poder.

—Nada he tomado que no sea mío —se defendió.

—¿Vuestro era entonces este mapa de nuestras fronteras? —reaccionó el conde con evidente sarcasmo—. ¿O estas leyes a la espera de la firma de nuestra reina?

—No lo cogí yo.

—Se hallaban entre vuestras pertenencias —lo acusó Bernard.

—Es imposible.

—¿Nos llamáis mentirosos? —se indignó el conde—. ¿Al oprobio del hurto ha de sucederle también el de la calumnia?

—Disculpad mi torpeza —Francesco intentó recomponerse y recobrar el único de sus dones: la retórica—, aún soy joven e inexperto en lides políticas. Mis palabras son más temerarias que mis actos y, aunque de modo equivocado, solo intentaba deciros que parece que alguien quisiera hacerme culpable de un robo, puedo daros mi palabra, que jamás cometí.

—Fe tengo en la lealtad de mis gentes —lo apoyó Malkiel.

—¿Encontramos un espía entre los vuestros y me acusáis de albergar traidores entre los míos? —reaccionó ofendida Griselda—. Esperaba que vuestras acciones desmintiesen cuanto me habían dicho de vos, Malkiel, pero me temo que nada de cuanto hacéis ni decís en mi presencia surte ese efecto.

—¿Aceptaréis una acusación tan grave como esa sin permitir que hable, al menos, en su defensa?

—Que hable si desea hacerlo, pues nadie ni nada se lo impide.

—Ya he dicho cuanto podía: nada he robado —repitió Francesco.

—Pobre explicación es esa —insistió el conde.

—Porque pobre es la defensa que encuentra la inocencia —argumentó el juglar—. Mucho se puede hablar de lo que se hace con maldad, pero ninguna huella deja lo que jamás se hizo.

—En ese caso, bebed —le ordenó Griselda a la vez que uno de sus sirvientes se acercaba hasta él con un cáliz de plata donde la reina había disuelto unas gotas de su filtro de la verdad—, que este vino ha de demostrarnos vuestra inocencia.

Francesco se disponía a coger la copa cuando el rey lo detuvo.

—¿Qué vino es ese que tanta solemnidad merece?

—Bebida es que obliga a decir verdad a quien la toma —repuso Griselda.

—No ha de tomarla entonces, que vuestras dudas ofenden a su honor. Y con el suyo, al mío propio.

Los ojos del joven juglar le suplicaban que le permitiese llevar aquella copa a sus labios: nada temía de lo que pudiera decir después, pues cierto era que no sabía cómo habían acabado aquellos pliegos junto a sus pertenencias. Sin embargo, el rey se mantuvo en pie de orgullo, disgustado por la desconfianza de la reina de los aquidonios.

—Vuestra negativa parece que da la razón a nuestras sospechas —afirmó el conde a la vez que se aseguraba de ordenar a los sirvientes que retirasen el cáliz cuanto antes. Temía que Griselda creyese la palabra de aquellos hombres si, una vez que hubieran bebido de ese filtro que ella misma había preparado, volvían a proclamar su inocencia.

—Nos debemos antes a nuestro honor que a vuestro recelo, conde —replicó Malkiel, consciente de que no había ya posibilidad alguna de volver a tender los puentes que acababan de romperse entre ambos reinos.

—No estoy dispuesta a tolerar ladrones ni espías bajo mi techo —sentenció Griselda.

—Mi señora, graves acusaciones son las que acabáis de hacer —se ofendió Malkiel.

—Más graves son vuestras mentiras, que ahora veo que cuanto se dice de vuestro padre también ha de ser cierto.

—¿Osaréis mancillar la memoria de un buen rey?

Griselda dudó si debía o no continuar, pero el veneno inoculado por Bernard había calado en ella demasiado hondo.

—Imposible es mancillar el honor de quien demostró no tenerlo. Pues nada honorable es envenenar a un rey y privar a un pueblo de su soberano y a una hija, de su padre.

—¡No he de sufrir ni un instante más vuestras ofensas! —El rey no podía dar crédito a aquellas injurias.

—En ese caso, bien haremos en dar por concluida esta embajada.

—Sea, que de poco sirve negociar con quien persigue con engaños y viles acusaciones lo que se ha de lograr con verdad.

La reina se puso en pie y abandonó la sala sin volver la mirada hacia Malkiel, incapaz de disimular su ira ante las duras palabras del monarca. El conde Bernard, satisfecho de cómo había transcurrido todo, no tardó en seguirla y, a una orden suya, los soldados soltaron a Francesco y exigieron al juglar y a su rey abandonar la corte de Aquidonia cuanto antes.

—Nada he hecho de cuanto se me acusa, majestad. —Francesco, con lágrimas en los ojos, juraba decir la verdad.

—Lo sé, no temáis. Una trampa nos han tendido en esta tierra... Y solo espero que esta sucia estrategia no sea presagio de otros males a nuestro regreso.

Mientras abandonaban aquella corte, Francesco creyó volver a oír la voz hiriente de su padre y tuvo que esforzarse para convencerse, tras el fracaso de su misión, de que aquel hombre no estaba en lo cierto. No podía adivinar qué les deparaba el destino en adelante, pero sí sabía que jamás iba a cejar en su empeño de demostrarle que se equivocaba cuando dudaba de su valor. Y Gerhard, el recuerdo de Gerhard y de una madrugada que ahora casi le parecía irreal, lo ayudaría.

XIV

Tan pronto como se corrió la voz de que Walhard y sus tropas habían hallado al príncipe de los juglares en las Cuevas del Tiempo, se recrudecieron las revueltas y los desórdenes por todo el reino.

Alentados por los discursos de maese Nicolás, que se había erigido en la voz de los descontentos, en los días siguientes cundió entre ellos la desconfianza hacia quienes no pudieran atestiguar la nobleza de su origen, que debía sostenerse, al menos, en tres generaciones. Cuantos no superaban aquella condición habían de dar pruebas de su valía y lealtad en tribunales populares que comenzaron a surgir por doquier en todos los barrios y gremios.

—¿Pero cómo es posible? —Malkiel, a quien le resultaba imposible reconocer su propio pueblo, fue el primero en alzar la voz en el Consejo donde había reunido a todas las personas de su máxima confianza un mes después del rescate de Aldo y de su regreso de la fracasada embajada a Aquidonia—. ¿Con qué derecho se otorgan la facultad de juzgar a quienes pueden o no ser nuestros súbditos?

—Imposible es saberlo —le respondió Samir—. Siempre aparecen encapuchados en esos juicios donde se decide el destino de las gentes a quienes condenan.

Cuando aquellas noticias llegaron a oídos de la reina, esta no pudo evitar sentirse parte de los expulsados. De quienes habían de asumir el destierro ante la furia de aquella turba airada y violenta, que marcaba con la silueta de una media luna, pintada con sangre de animal, las casas donde vivían aquellos a quienes se convertía en fugitivos por culpa de una ley que nadie había promulgado. Ella misma, pensaba, habría sido una de las mujeres que encontraría la entrada de su casa bañada en sangre, con aquella media luna que había visto –todo empezaba a cobrar sentido– la noche de su descenso a las aguas del Lago. Aquella media luna se había convertido en el símbolo de la nostalgia hacia un pasado que jamás existió, un ayer que aquellos individuos llenos de rencor idealizaban: la debilidad de los Tres Soles frente a la fuerza y el poder de las Tres Lunas.

—Necesitamos que ese joven hable —Estrella confiaba en que Aldo pudiera quebrar el silencio de Darko—. Debe saber más de lo que dice.

—Lo dudo, mi reina —respondió el juglar, que no se separaba de Laura desde que había regresado—. Darko es honesto, puedo dar fe de ello, e insiste en que jamás supo nombre ni origen de los hombres que los obligaron a raptarme.

A Walhard le había sorprendido la docilidad que mostraron los secuestradores cuando, tras descubrir el paradero de Aldo, procedieron a apresarlos. Quienes pudieron huir, lo hicieron sin violencia, mientras que los que fueron acorralados por la guardia real aceptaron su nuevo destino sin presentar batalla. ¿Qué clase de forajidos harían algo así? ¿Acaso eran los hombres y mujeres más pusilánimes sobre la faz de la tierra? O quizá no, pensaba el capitán, quizá quienes parecían ser verdugos, en realidad, eran víctimas.

—Mientras sigan encerrados en nuestras mazmorras, habrá quienes encuentren motivo para cuestionar vuestras acciones —afirmó Walhard—. Necesitamos que sean juzgados cuanto antes.

—Solo un juicio que los haga culpables saciaría la sed de venganza de un pueblo hambriento —sentenció Samir— y lejos estaríamos entonces de la paz que tanto esfuerzo nos ha costado traer a nuestro reino.

—Pensemos, pues, a quién beneficiaría el fin de esa paz —propuso Laura.

—Cierto —asintió Estrella—. Entre ellos se ha de encontrar quien ha tramado esta acción que tanto nos debilita.

—¿Y a quién culpamos? —A Malkiel le preocupaba contar tan solo con conjeturas tan arriesgadas como difíciles de probar—. ¿A algún noble que, en la sombra y celoso de nuestro poder, querría usurparnos el trono? ¿A las huestes de Trierce, aliado natural que, quizá, haya cambiado el timón y la orientación de sus intenciones? ¿A Griselda y la voracidad de los aquidonios, con quien tan perjudicial resultó ser nuestra visita? Sea quien sea no podemos iniciar juicio ni represalia alguna sin las pruebas necesarias. Lo contrario podría volver nuestro gobierno aún más débil e inestable.

Todas las opciones conducían a lo que más había temido Malkiel desde que era un niño: la violencia. Ya fuera contra los suyos en una desoladora contienda civil o contra los reinos vecinos a quienes habría de declarar la guerra. Su reinado estaría marcado por la cultura, se había prometido. Por el arte. Por la inteligencia. Por eso aprobaron el Edicto de la Muralla. Porque su legado, el que Estrella y él iban a dejar a su pueblo, sería el de una época de esplendor y de sabiduría, no el de un tiempo teñido de muerte y desolación.

Lo peor es que sentía que, más allá de los hechos que ahora los angustiaban, también ellos tenían parte de culpa en cuanto estaba sucediendo. ¿Cómo era posible que no hubieran tomado las medidas necesarias para afrontar la llegada de aquellas gentes que malvivían en las Cuevas del Tiempo? ¿Cuánto más podía sostenerse aquella situación mientras los tres reinos –Aquidonia, Trierce y el suyo propio– fingían no darse cuenta de lo que ocurría en sus fronteras? ¿Y por qué no había destinado tantos esfuerzos a que su pueblo entendiera la importancia del Edicto de la Muralla como los que había puesto en crear su magnífica Sala del Origen?

Eso, aunque jamás se atrevería a decirlo en voz alta, era lo que más atormentaba a Malkiel. Se había preocupado tanto de proteger aquellos libros que había olvidado que de nada servirían sus palabras si no llegaban a quien pudiera oírlas. O mejor aún, leerlas. ¿Cómo no lo había pensado antes? ¿Cómo era posible que se hubiese alejado tanto de la realidad y de sus gentes? La ignorancia era la grieta por la que el miedo se había adentrado en el corazón de su pueblo. Miedo a quienes amenazaban su tranquilidad. Sus tierras. Sus oficios. Miedo a quienes no conocían y que aparecían en sus vidas como los monstruos que los predicadores como maese Nicolás sabían agitar en sus corazones. Mientras el antídoto se hallara encerrado en los anaqueles de la biblioteca real, el odio seguiría campando a sus anchas.

—¿Y si los desórdenes no fueran la consecuencia del secuestro, sino su causa?

La pregunta de Laura los sorprendió a todos. En caso de que la joven tuviera razón, todo cuanto estaba sucediendo habría sido planeado por aquellos que tuvieran interés en destruirlos. Eso explicaría la actitud desidiosa y hasta torpe de los raptores, obligados a actuar para granjearse así el odio de quienes recelaban de su presencia en el reino. Hasta la fecha, los agitadores solo contaban con sus leyendas sobre lo que los forasteros podían llegar a hacer, pero el secuestro les había proporcionado un hecho real. Un suceso violento y concreto que, además, tenía como protagonista

a uno de los hombres más queridos por el pueblo. ¿Qué se podía esperar de esos extranjeros que destrozaban cuanto encontraban a su paso y privaban de libertad a un hombre de bien como Aldo?

—Hay alguien que quizá podría daros respuesta a esa pregunta —prosiguió Laura—. Pero tendremos que traerlo a la fuerza a palacio si queréis hablar con él.

—Maese Nicolás —dedujo Walhard—. ¿Creéis que es cómplice de quienes planearon el secuestro?

—Pienso que es mucha la devoción con que cultiva su fe contra los extranjeros —contestó ella—, tanta que puede que exista un interés oculto en ello.

—No podemos ordenar su arresto —se revolvía Malkiel—; si lo hiciéramos, lo convertiríamos en un mártir a ojos de los suyos y recrudeceríamos los enfrentamientos. No creo que haya nada que pueda desear con más fuerza que el tener la ocasión de presentarse como una víctima ante sus fieles.

—¿Cómo hemos de dar con la verdad si nos mostramos tan cautos a la hora de desvelarla? —se lamentó Estrella—. Nuestro reino peligra y, con él, todo lo que hemos conseguido. No podemos permitir que siga envenenando el corazón de nuestras gentes.

—Por desgracia —anunció Aldo a la vez que los invitaba a aproximarse a una de las ventanas del torreón donde se hallaba la sala del Consejo—, ese veneno ya ha surtido su efecto.

El juglar estaba en lo cierto: desde allí podían ver como un grupo de jóvenes acababa de encender una pira en la que ardía, cosida de retales y paja, una figura con los rasgos de Estrella. Los gritos de «Muerte a la bruja» comenzaron a sonar cada vez con más fuerza mientras la figura se abrasaba en medio de un aquelarre al que los hombres de Walhard pusieron fin tan pronto como llegaron a ellos las voces y el humo. Pero aquello, todos lo sabían, no resolvía el verdadero conflicto. Necesitaban llegar a la raíz de cuanto estaba sucediendo si querían detenerlo y evitar que aquella figura de tela y paja fuera sustituida por los cuerpos de los hombres y mujeres que habían decidido convertir en sus enemigos.

—Deberíais mantener a los prisioneros en sus celdas —les aconsejó Samir.

—¿No es crueldad extrema quitar la libertad

a quien ni siquiera ha sido juzgado? —se extrañó Malkiel, a quien había desconcertado la dureza de las palabras de su maestro.

—Al revés, privándolos de esa libertad les aseguráis también la vida. Solo cuando hayáis calmado la ira que ahora asola este reino, las gentes de las Cuevas se encontrarán a salvo. ¿O deseáis que sean ellos quienes acaben atados en las nuevas hogueras?

—Jamás —se opuso Aldo, que era incapaz de mirar sus manos sin sentir eterno agradecimiento por el joven Darko—. No permitiré que nada les suceda cuando fue uno de ellos quien arriesgó su vida para salvar la mía.

—En ese caso, hemos de informarles de nuestra decisión —habló Estrella—. No quiero presos en mi reino que no merezcan serlo.

—Deberán guardar nuestro secreto —insistió Samir—. Si llegara a saberse que su prisión no es más que una maniobra para ganar tiempo obtendríais la desconfianza de los súbditos que aún os son leales, majestad.

—Bien lo han de guardar, querido Samir —sentenció la reina sin un ápice de duda—. Pues a todos les va la vida en ello.

Los miembros del Consejo se retiraron dispuestos a buscar, desde la jornada siguiente, las medidas y soluciones necesarias para combatir la epidemia de odio que se había adueñado del reino. Encontrarían la semilla de la que nacía y trabajarían para que nunca volviera a enraizar en sus tierras. Seguro que fray Theobald podía ayudarlos en esa labor, pensó Malkiel, y decidió que, tan pronto como amaneciera, se reuniría con él y con Samir para buscar el modo de que los libros de la Sala del Origen llegasen a los oídos y la cabeza de todos sus súbditos. Si el miedo había sembrado el odio en sus corazones, serían las palabras las que habían ahora de cultivar en ellos la confianza.

En cuanto el sol bañase con sus rayos el horizonte, en ese momento en que el cielo se convierte en un mar rojizo que anuncia la mañana, todos comenzarían con sus planes para devolver la paz al reino. Solo había que esperar unas horas. Una noche en la que coger fuerzas para la siguiente etapa de la batalla.

Sin embargo, nada ocurrió como lo imaginaban: aquella noche estaba a punto de convertirse en un infierno.

Y lo peor de todo es que aquella pesadilla era real.

XV

Griselda escuchaba el relato de su caballero predilecto con inquietud. Oswold, que acababa de regresar del reino de los Tres Soles de la misión de reconocimiento que ella misma le había encomendado unas semanas atrás, describían los tumultos de los que allí había sido testigo.

—Han perdido el control de los suyos, majestad, y no me sorpendería que nos declarasen en breve la guerra para callar las bocas de sus descontentos con botines y prisioneros.

—¿De veras creéis eso, Oswold? —El relato del caballero corroboraba las decisiones que le instigaba a tomar el conde Bernard.

—Es cuanto he visto, majestad. La situación en las Cuevas se ha vuelto insostenible: incluso se atrevieron a secuestrar a uno de los juglares más cercanos al rey.

—Lo sé. —La reina lo escuchaba pensativa.

—¿Y cómo podemos confiar en quienes han perdido las riendas y dejan que su pueblo corra desbocado? —apostilló el conde, a quien interesaba sobremanera la narración del caballero—. Poco complació a vuestros súbditos la noticia del robo sin castigo, mi señora, y han pasado ya demasiados días desde esa afrenta aún impune, así que sería bueno encontrar un modo de alejar las amenazas de debilidad que penden sobre vos para recobrar su confianza.

De nuevo esa palabra. Una y otra vez, como un muro insalvable que, por más que se esforzara en dejar atrás, volvía a elevarse frente a ella. ¿En cuántas ocasiones más debería demostrar su fortaleza? ¿Por qué se le exigían pruebas de lo que en su padre no se cuestionó jamás? Si había dejado marchar a Malkiel y al juglar que lo acompañaba era, precisamente, como una muestra de poder y magnanimidad: ¿de qué habría servido impedirles el paso? ¿Cómo habría terminado el enfrentamiento entre el séquito del rey y el suyo propio? No habría sido más que un baño de sangre que, a ojos de la historia, la convertiría en una reina traicionera y maléfica. La reina que asesinó a su huésped, dirían las crónicas, y nadie recordaría el motivo del crimen, ni mucho menos el robo que lo había desencadenado. Por eso los había dejado partir, porque prefería tramar una venganza a la altura de su ofensa. No era débil, se dijo Griselda, sino astuta. Y esa fuerza, la que emanaba de la inteligencia, era su mayor fortuna.

—Hay algo más que deberíais ver... —Oswold le entregó un pergamino lacrado con un laúd, el emblema del reino de los Tres Soles.

—¿De qué se trata? —preguntó el conde con curiosidad mientras intentaba adivinar su contenido en los ojos de la reina.

—¿Dónde lo conseguisteis? —preguntó Griselda.

—En una encrucijada...

—¿Y su portador?

—En el infierno, donde no podrá contar quién fue el que le quitó ese documento y, con él, la vida.

Aquella era la prueba definitiva de que, por desgracia, la guerra resultaba inevitable. Griselda tenía entre sus manos los planes de alianza entre el reino de los Tres Soles y Trierce para atacar a Aquidonia y derrocar a su reina. Las palabras, a pesar de que intentaran disfrazar su sentido con referencias en clave, no llevaban a engaño. La tinta con que se habían escrito, tampoco. Solo faltaban las firmas reales, tal y como se hacía constar en aquel pacto que Oswold había conseguido para ella. Por suerte, tenía a aquel caballero de su lado. Un hombre justo y fiel, un guerrero en quien podía confiar porque sabía que carecía de las ambiciones del conde, a quien solo mantenía a su lado por el enorme respeto del que gozaba en la corte y porque, como había aprendido de su padre el rey Hawart, a los poderosos era mejor sumarlos como compañeros que restarlos como enemigos.

—Supongo que esto demuestra que el robo de los mapas sí fue tal... Buscaban el modo de iniciar su ataque y vencer nuestras defensas en la alianza que preparaban con Trierce.

—Os lo advertí, mi reina —insistió Bernard.

—Haremos lo que nos ordenéis —se ofreció Oswold, siempre deseoso de satisfacer los deseos y las órdenes de Griselda—. Decid cómo queréis que castiguemos su soberbia y convertiremos en acciones vuestras palabras.

Ella no dijo nada. Permaneció en silencio, consciente de que sabía bien lo que deseaba hacer y también las terribles consecuencias que tendría hacerlo. Pero, mientras dudaba de su decisión, se preguntó cuántos cadáveres habrían degollado los soldados de esa macabra alianza que, por fortuna, Oswold había descubierto antes de que llegase a existir. Su plan también exigía sangre, ¿pero no tenía derecho a infligir dolor a quienes no mostrarían reparos en causárselo a su pueblo? La palabra, la maldita palabra, volvió a retumbar en sus oídos. Débil, no seas débil, Griselda, y convencida de que había llegado el momento de demostrar a todos que se equivocaban juzgándola como una damisela en vez de como la reina que era, pidió a Oswold y a Bernard que la siguieran.

—Bastará una noche para destruir a quienes pretendían humillarnos. No en vano llevo muchas lunas planeando lo que hemos de hacer hoy. No ha de quedar ni un solo recuerdo de ese maldito reino, solo cenizas.

El conde ocultó una enorme sonrisa de satisfacción. No solo porque sentía un gran placer al pensar en el sufrimiento de Malkiel y los suyos, esas gentes soberbias a quienes odiaba desde hacía mucho tiempo, sino porque estaba seguro de que el hambre, la pobreza y la inseguridad que habría de traer consigo la guerra serían su llave para derrocar a Griselda y ocupar de una vez el trono que le correspondía. Larga había sido su espera desde que fuera él mismo quien envenenara al viejo

Hawart con la esperanza de robarle el trono a su hija. Alguna vez, cuando hubiera acabado con ella y pisoteado su insufrible soberbia, entonces y solo entonces, le confesaría la verdad a esa joven altanera que ni siquiera podía imaginar que su consejero más cercano era, además, sangre de su sangre.

Hijo bastardo y secreto de un rey que lo había entregado, bajo juramento de silencio, a una rica pareja que no quería morir sin descendencia y a quien la naturaleza rehusaba premiar. Regalo fue que sirvió a Hawart para granjearse la fidelidad de dos de los nobles más poderosos de Aquidonia y ocultar así, a la vista de todos, a aquel niño a quien el monarca culpaba del abandono de su esposa, la reina, huida en secreto el mismo año de su nacimiento. Bernard jamás le había perdonado aquella ofensa, que había dejado en él la sensación de haber sido una simple mercancía con que ganar favores y silenciar murmullos. Toda su vida había convivido con esa misma certeza, la del desdén y el desprecio con el que había sido tratado por un padre que no admitió su condición y jamás le dio el lugar que se merecía. ¿Acaso el viejo no deseaba un varón? El conde no podía pensar en ello sin encolerizarse, convencido de que siempre sería mejor tener un heredero, aunque fuera bastardo, que una heredera, aunque fuera legítima.

Durante años había fingido conformarse con las migajas de un padre que jamás quiso reconocerlo y que, cuando estaba en su presencia, se dirigía a él con tono despectivo, como si Bernard fuera uno más de sus lacayos. Demasiado tiempo había soportado aquella injuria, pensaba el conde, que logró reprimir su rabia hasta contar con las fuerzas y alianzas necesarias para deshacerse de aquel viejo egoísta y labrar la desgracia de su no pedida hermana. Todo hubiera sido distinto, se decía, si Hawart hubiese tenido el valor de reconocerlo públicamente, tal y como habían hecho otros reyes vecinos con sus bastardos. Diferente habría sido su camino si su vida no hubiera estado marcada por tantos inviernos de desprecios y humillaciones. ¿Por qué su destino había de ser distinto al de esos monarcas que ocupaban sus tronos con los mismos derechos que podía haber esgrimido él? ¿Qué lo obligaba a conformarse con su posición en vez de aspirar a convertirse en el verdadero y legítimo rey?

Ahora ya no importaba. El conde, al fin, estaba a punto de conseguir cuanto le pertenecía.

Su tiempo había llegado.

XVI

El fuego amenazaba con acabar con todo. La capital del reino se hallaba asediada por las llamas y todos los esfuerzos de Walhard y sus hombres por acabar con ellas resultaban en vano. Habrían jurado que el viento combatía en su contra y, si lo hubieran hecho, no habrían errado en su juicio. Pero mientras se afanaban por sofocar el incendio que devoraba cuanto encontraba a su paso, no podían pararse a pensar en nada más y, mucho menos, imaginar que era Griselda quien, gracias a uno de los filtros aprendidos en el *Liber Noctis*, manejaba a su antojo aquel huracán que avivaba las llamas cada vez que parecía que estaban a punto de sofocarlas.

—¡Necesitamos ayuda! —gritó a sus soldados el capitán de la guardia real—. ¡Que acudan a nosotros cuantos hombres y mujeres sanos puedan colaborar!

Se hicieron sonar cornetas y campanas por todo el reino, convocando a todo aquel que pudiera sumar sus fuerzas contra el desastre en el que tanto Estrella como Malkiel sospechaban de un oscuro origen.

—Obra es de esa mujer funesta —se lamentaba Malkiel—. Su soberbia no conoce límites.

—¿Y por qué habría de atacar a quienes nada le hemos hecho? —Estrella daba vueltas en círculo por la sala del trono, intentando encontrar respuestas para una acción que le resultaba tan criminal como inexplicable—. ¿Qué motivo podría llevar a una reina como ella a hacer algo tan deleznable como esto?

—Poco me importan los motivos. Solo me preocupa la vida de nuestra gente y el legado de nuestro pueblo. ¿Habéis avisado a fray Theobald?

Samir, que los acompañaba en aquella madrugada aciaga, asintió con la cabeza.

—En sus manos y en las de sus monjes está el cuidado de la biblioteca, mi señor. Ni uno de los libros de la Sala del Origen ha de perderse mientras ellos la defiendan con la ayuda de sus manos y de su fe.

—¿Creéis más en su dios que en el vuestro? —le preguntó Estrella.

—Creo en la honestidad, mi reina. En quien siente su fe con tanta verdad como yo siento la mía. Los nombres que elegimos para vestirla poco me importan.

—Sois un hombre extraño —le sonrió ella antes de volver su mirada hacia el fuego, que llenaba de sombras puntiagudas y en continuo movimiento sobre los muros del palacio.

—Pronto las llamas llegarán también aquí —advirtió Malkiel—. Es necesario que busquemos cobijo para los tres.

Cuatro, contó mentalmente Estrella, pero fue capaz de reprimir su voz y pensar aquel número en silencio, sin que nadie pudiera escucharla. Aquel no era el mejor momento para compartir la que debía ser una alegre noticia y, mucho menos, cuando ella estaba a punto de tomar una decisión que sabía que Malkiel no querría apoyar.

—Majestades —los saludó Francesco al entrar en la estancia.

—Decidnos, ¿alguna novedad?

—Por desgracia, no. El fuego sigue avanzando y cada vez resulta más difícil acabar con él. Pero hay quienes quieren sumarse a los esfuerzos por apagarlo...

—Si os referís a los juglares, ya sé que Aldo y Laura han partido con ellos.

—No, señor. —Francesco buscaba las palabras para decir algo que temía pudiera resultar inconveniente—. Me refiero a los prisioneros.

—¿Quiénes? —Estrella reaccionó con la misma perplejidad que el rey. Solo Samir parecía impertérrito ante aquel singular ofrecimiento.

—Conmigo está quien, si así lo permitís, podrá explicároslo mejor.

El juglar se hizo a un lado y tras él se perfiló la silueta del joven de la mano amputada a quien Aldo decía deber su vida. Darko miró alrededor con desconfianza y comenzó a hablar muy deprisa, como si aquella fuera la única manera de vencer el miedo que lo atenazaba. A fin de cuentas, seguía siendo un proscrito, alguien sin nombre ni origen en un lugar que le habían dicho que jamás sería el suyo.

—No tenemos nada que perder, alteza. No somos de esta tierra. Ni de ninguna. Si este fuego sirve para demostraros nuestra lealtad, así sea. Que ni nosotros quisimos secuestrar a vuestro juglar ni deseamos conflicto alguno en el futuro. Abra nuestras celdas, permítanos luchar contra el fuego y decida después si hemos de volver a ellas o si nuestra prisión ha de ser seguir vagando errantes como lo hicimos hasta ahora. Si el frío y el hambre no pudieron matarnos, tampoco lo harán esas llamas que tanto os preocupan.

Malkiel y Estrella permanecieron callados por un instante. El coraje de aquel muchacho los había dejado sin palabras, así que tardaron unos segundos en tomar una decisión. ¿Cómo decir que no a quien les ofrecía su ayuda? Y más aún en unas circunstancias tan extremas como las que atravesaba el reino.

—Encargaos de que se abran todas sus celdas. Y aseguraos de vigilar sus pasos —le ordenó Estrella a Francesco—. Ocasión será esta en la que las gentes de las Cuevas podrán demostrar si su lealtad es tal y como este joven la describe.

—Os lo agradezco, majestad. —Darko sintió que, por primera vez, tenía ante sí algo que se parecía mucho a una oportunidad. Su madre, pensó, estaría orgullosa del coraje de su Trueno.

—Esperadme —los detuvo Malkiel—. Iré con vos, Francesco. Nunca he creído en los reyes que se esconden tras su pueblo y tiempo es de que encabece esta lucha.

Estrella quiso detenerlo, pero el rey la interrumpió antes de que pudiera pedírselo.

—Volveré. —Y ella guardó su promesa entre las dudas y el miedo, intentando transformarla en una certeza.

Ya a solas con Samir, sintió una vez más aquella quemazón familiar en el cuello. Se llevó la mano a la garganta y notó que la causaba su medallón, que desapareció consumido por un haz de luz espectral, un fuego blanco y gélido que no dejó marca alguna en su piel.

—Es la hora, mi señora —sentenció Samir.

—Lo sé.

Hacía tiempo que Estrella se había dado cuenta de ello. A su alrededor, todos cuantos conocía se encontraban luchando frente a aquel fuego devastador e iracundo. Todos… menos ella. Sin embargo, su quietud no se debía al miedo. Ni a la incertidumbre. Ni siquiera a que tuviera duda alguna sobre lo que debía hacer. Si aún no lo había hecho era porque en las profecías del Lago había adivinado cuán cara saldría su acción en esta empresa. «Cuando el tilo arda, arderán sus palabras», le susurró aquel sabio.

—El precio será muy alto —se lamentó, buscando la comprensión del anciano.

—Es nuestra obligación pagarlo —respondió él con una sequedad que nada tenía que ver con la respuesta reconfortante que ella habría deseado.

Solo había un lugar donde podía encontrar las palabras que debían arder igual que ese tilo que, desde su mismo nacimiento, había marcado su camino.

Un lugar al que debía acudir en busca de respuestas a preguntas que ni siquiera estaba segura de saber formular. Salvar el reino estaba en su mano. Pero aquella no sería una misión fácil. Ni con final feliz.

«Una vez que hayáis cumplido con vuestro deber, no volveréis a verlo», le habían advertido las sombras.

Restaurar el equilibrio era posible, sí.

Pero exigía una muerte.

La de alguien de quien no quería despedirse y a quien, si hacía lo correcto, jamás volvería a ver con vida.

XVII

Malkiel, seguido por las gentes de las Cuevas del Tiempo, se sumó a quienes luchaban contra el fuego comandados por Aldo y Laura. La joven, que estaba convencida de que era preciso desenmascarar a los culpables de aquella tragedia, solo pensaba en cómo escabullirse con el firme propósito de confirmar su intuición.

—Su deseo es ayudarnos —anunció el rey ante la sorpresa de la guardia real—. Quieren probar que nunca pretendieron causar daño.

—Colocaos en la fila —dijo Walhard, que había organizado una cadena para llevar el agua a los focos donde parecía hallarse la raíz del incendio.

A una señal de Darko, que se había erigido sin pretenderlo en líder natural de los nómadas, todos corrieron a sumar sus fuerzas en la desigual lucha contra las llamas.

—¡Nos atacan! —llegó gritando uno de los centinelas de la muralla.

—¿Qué decís? —los peores temores de Walhard se habían confirmado: el fuego no era más que la puerta de entrada para una invasión.

—Los aquidonios —intentó explicarse el soldado—, aprovechando que la mayoría de nuestras huestes se hallan luchando contra el fuego, están tratando de someter al resto.

Malkiel no lo dudó ni un instante: era urgente dividir fuerzas y destinar parte de sus tropas a contener aquella otra amenaza, confiando en que las restantes fueran suficientes para sofocar el incendio. Y, convencido de la gravedad de los hechos, decidió que él mismo acompañaría a Walhard en aquella misión.

—Escoged a vuestros cien mejores hombres, capitán.

—No sabemos cuántos son nuestros enemigos, majestad —respondió Walhard, a quien aquella cifra le parecía insuficiente.

—Pero sí sabemos cuántos se necesitan para contener estas llamas.

El argumento del rey era incontestable, así que el capitán se limitó a seleccionar a los soldados que habían de acompañarlos, temiendo que aquella expedición los condujese a todos a una muerte segura.

Laura aprovechó la confusión y, mientras las tropas se reagrupaban, se deslizó sin ser vista hasta que consiguió subir a su caballo y alejarse de allí. Por el camino, no dejaba de pensar en que nada de cuanto sabía del secuestro de Aldo le parecía lógico. ¿Qué interés podían tener aquellos extranjeros en raptar a alguien por quien ni siquiera pidieron un rescate? Es más, ¿por qué iban a ayudar ahora a quienes se decía que odiaban? ¿Cómo era posible que arriesgasen su vida intentando apagar las llamas los mismos que habían pretendido debilitar el reino con el secuestro de una de sus personalidades más notables?

Aquellos hechos sin sentido parecían haber sido hilvanados por alguien interesado en que el descontento de las gentes del reino coincidiese con el incendio que ponía en riesgo sus casas y vidas. Laura no había tardado en darse cuenta de que faltaban muchas manos en aquella lucha y pronto confirmó sus sospechas: el barrio de los artesanos, el mismo que parecía gobernar desde las sombras maese Nicolás, se hallaba vacío. No quedaban allí ni sus habitantes ni sus pertenencias, solo algunos muebles viejos y trastos sin utilidad que los dueños habían abandonado para que fueran pasto de las llamas.

—Lo sabían... Maese Nicolás y los suyos sabían que esto sucedería esta noche.

A Laura le resultaba insoportable la idea de que los cómplices de aquella tragedia pudiesen cruzar las fronteras del reino y resguardarse en cualquiera de los territorios vecinos. Necesitaba creer que su maldad no iba a quedar impune y temía que si ellos desaparecían, los rumores volviesen a culpar del fuego a las gentes que en esa noche infame estaban ayudándolos.

Sabía que Aldo no aprobaría su decisión, pero tampoco se atrevería a impedírsela. Si había algo que alimentaba el amor entre ambos –esa llama tan voraz como las que hoy rodeaban el reino– era su libertad, así que Laura no dudó en espolear a su caballo para salir en busca de quien tenía mucho que confesar sobre lo que estaba sucediendo.

Cabalgó veloz, dejándose dominar por la furia que, en aquel momento, la invadía. Sentir el viento golpeando su rostro la hacía creerse aún más fuerte, como si correr contra los elementos la engrandeciera de una manera en que la vida cortesana jamás podría hacerlo. Su corazón latía desbocado, su mirada se llenó de un brillo especial y se dibujó una sonrisa decidida en su semblante. Aquella vida, la que se celebraba más allá de muros y banquetes reales, sí era la suya. A pesar del peligro. A pesar del riesgo. A pesar de todo lo que, como el viento de esa endiablada noche, soplaba con fuerza en su contra. Pero a favor tenía la inmensidad de un cielo que, de nuevo, se extendía ante ella mágico e inagotable. Un cielo donde ahora sí podía escuchar la música de aquellas otras noches, de aquella otra Laura que tiempo atrás buscaba a su amado en un reino dominado por el miedo y la censura, aquella Laura que en esta madrugada volvía a renunciar a las ataduras para reivindicarse libre e indómita, salvaje y temeraria. Una mujer en busca de respuestas que acababa de encontrar, sin pretenderlo, una nueva pregunta: ¿sabía realmente quién quería ser cuando todo aquello terminase?

Siguió cabalgando con la única ayuda de su instinto. El mar... Debía llegar al mar. Se dirigía hacia el norte convencida de que Swemel era el destino elegido por los cobardes. A fin de cuentas, aquel era el paraje más alejado del lugar donde había comenzado el incendio y podrían huir fácilmente si contaban con barcos que los sacasen del reino. No tenía más opción que confiar en sí misma y en la fuerza que sentía que nacía en su interior, la voluntad que marcaba sus pasos con el mismo ritmo que lo había hecho la música tiempo atrás, porque, cuanto más se acercaba al norte, más intensa volvía a sonar en su interior aquella melodía, la misma que había derribado la posada donde vivió esclavizada en su infancia, la misma que había detenido a Larson y a Alcestes, la misma que había vuelto a escuchar cuando buscaban a Aldo y que ahora, sin siquiera llevar instrumento alguno consigo, revivía estruendosa en su cabeza.

¿Y si la magia que tanto habían extrañado hubiese vuelto al reino? ¿Era posible que hubiesen errado buscándola en instrumentos que no eran más que vasijas inútiles de un elixir que habitaba en su interior? Aquella música invadía, por segunda vez en un brevísimo plazo de tiempo, todo su cuerpo. Notas desbocadas que hacían que el galopar de su caballo fuera cada vez más raudo. Más ligero. Laura sentía que aquel animal se volvía pegaso y, sin saber cómo, despegaba las pezuñas del suelo sin rozarlo, elevándose sobre los árboles y llevándola raudo hasta ese mar donde estaba a punto de encontrar a quienes perseguía. No podía explicar el origen de la música ni de la magia que desencadenaba, pero eran tan reales como los hombres que preparaban su huida junto a los acantilados que se abrían ante el mar de Swemel.

—Aquí tenéis lo prometido.

Laura escuchó aquellas palabras con la misma claridad con la que vio el rostro de quien recibía una bolsa llena de monedas. En nada le sorprendió la identidad de ese Judas que había vendido tantas vidas a cambio de un puñado de oro.

—Olvidáis algo, ¿no os parece? —La mirada de maese Nicolás, que conversaba con un caballero corpulento de quien llamaba la atención su amenazante puño metálico, apuntaba hacia el oleaje—. Mis hombres siguen ocultos a la espera de que lleguen vuestros barcos.

—Mi señora se encargará de ello —le respondió aquel hombre con voz muy grave—. Cuando la noche acabe y nuestro triunfo sea completo, estarán aquí esperándoos las naves con que podréis partir y empezar vuestra nueva vida.

El caballero se alejó de allí al trote sin que Laura tuviera tiempo de ver su rostro, aunque no le fue en absoluto difícil adivinar a quién servía. Ahora ya no había duda: maese Nicolás era un traidor que

actuaba bajo las órdenes de la mismísima Griselda.

Ella era quien había provocado el fuego.

Ella era quien había planeado el secuestro de Aldo.

Y ella era quien había prendido dos incendios casi simultáneos. El que había de consumir el reino hasta volverlo cenizas y el que había puesto en jaque la confianza de sus habitantes hacia quienes llegaban a él en busca de cobijo.

Maese Nicolás no era más que el instrumento de su odio. Una pieza en su plan de conquista de quien se había servido para sembrar la aversión hacia las gentes de las Cuevas. Aunque quizá esa semilla ya estuviera en él antes y el oro que acababa de recibir no fuera más que una excusa para afianzar la lealtad de quien, de natural traidor, merecía escasa confianza.

El maestro escultor hizo un gesto y, de entre los arbustos, surgió un grupo de hombres. Robustos y con expresiones hostiles, lo rodearon como si fueran los encargados de protegerlo hasta la llegada de ese barco que había de sacarlos de allí.

Laura echó mano a la espada que llevaba al cinto, pero, por desgracia, sabía que no tenía esperanza alguna de salir victoriosa frente a ellos, que la superaban en número y en su manejo de las armas, lección prohibida a las mujeres del reino por el simple hecho de serlo.

Maldijo para sus adentros aquellas estúpidas leyes mientras trataba de decidir qué hacer. No estaba dispuesta a desperdiciar aquella ocasión de saldar cuentas con el traidor que había abierto la grieta por la que se había infiltrado el odio en el reino. Así que, convencida de que aquel era el momento de volver a creer en la misma magia que la había salvado de los peligros del pasado, cerró los ojos y se esforzó por recordar la música que, hacía unos instantes, había convertido su caballo en un pegaso. Permitió que su cuerpo se llenara de aquel sentimiento oscuro que la poseía y le devolvía la melodía secreta, la partitura que nacía en ella y se convertía, poco a poco, en un canto que necesitaba salir de su interior. Comenzó a susurrarla despacio, de manera casi imperceptible, cobijada por la fuerza del viento que seguía bramando entre los árboles. Tarareaba aquellas notas con una voz mínima que, arrastrada por un aire tan enfurecido como sus propias emociones, comenzó a hacerse cada vez más grande hasta convertirse en un aullido infernal, incomprensible, un grito que ya ni siquiera era ella y que, sin embargo, nacía de esa música que vibraba en sus venas.

—¿Pero qué demonios...? —gritó uno de los esbirros de maese Nicolás.

—¡Atadme! —les ordenó—. ¡Atadme a uno de esos árboles!

—¿Qué decís? —le preguntaban incapaces de entender el sentido de su petición.

—¡Buscad cuerdas y sogas! —Los pies del maestro se movían hacia atrás sin que él pudiera evitarlo, arrastrado por aquel viento convertido en grito—. ¡Hacedlo ya!

Laura continuaba agazapada entre los arbustos, dirigiendo la sinfonía macabra que empujaba, sin que pudieran remediarlo, los cuerpos de aquellos hombres hacia el desfiladero. Demasiado tarde habían entendido la petición de maese Nicolás, justo cuando solo les restaban un par de pasos hacia el acantilado donde los llevaba aquella música infernal.

—¡Esos herejes de las Cuevas! —gritaba el maestro preso de la cólera mientras intentaba inútilmente asirse a los hombres que lo rodeaban—. ¡Conjurados con el mismísimo Satán han de estar para haber hecho esto!

—Nunca fueron ellos —se irguió Laura, segura de su victoria y protegida por el mismo viento que castigaba a sus enemigos—. Que no hay herejía en quien solo busca un pedazo de pan. Y sí en quien vende a su pueblo por unas monedas de oro.

—¡Maldita seáis! ¡Maldita por siempre!

La voz de maese Nicolás se perdió en el mismo momento en que sus pies resbalaron al borde del acantilado y tanto él como sus esbirros cayeron en cadena hasta ser devorados por el embravecido mar de Swemel.

Solo entonces cesó el rugir del viento, que enmudeció su voz y permitió que se oyesen los gritos de quienes habían de morir ahogados en aquella noche de fuego y de tormenta.

Laura montó de nuevo en su caballo y sintió un súbito estremecimiento que recorrió todo su cuerpo. Intentó no hacerle caso a aquel malestar repentino que la embargaba, pero tenía la sensación de que la maldición de maese Nicolás había de caminar ya siempre junto a ella. O quizá no era esa maldición, sino la confirmación del extraño poder que brotaba de aquella música y que hoy, una vez más, se había hecho presente en su vida.

Mientras se alejaba de Swemel, podía aún escuchar el oleaje repitiendo, solemne y trágico, su canción

XVIII

Samir siempre supo que llegaría aquel momento. Era imposible adivinar cuándo, pero había vivido durante años con la certeza de que habría de enfrentarse a su destino para proteger el porvenir de aquellos a quienes más amaba.

Como Malkiel, aquel niño caprichoso al que había convertido en un rey culto y tolerante. Como Estrella, la mujer junto a la que caminaba en medio de la noche en que se había de decidir el futuro del reino y que había dado pruebas más que suficientes de su coraje. O como Laura, la joven dama de la reina que aún no era consciente del poder que albergaba en su interior. «Quizá ocurra esta noche», se dijo el anciano, convencido de que el tiempo y la inteligencia de la muchacha le permitirían conocer su verdadera naturaleza.

Todos ellos eran, al mismo tiempo, su motivo para afrontar su destino y su razón para desear evitarlo. Porque sabía que aquella madrugada solo podía tener un desenlace, aunque nadie más que él fuera consciente de que la suerte del reino había sido trazada muchos años atrás, justo cuando Sören el Magnífico, como habían de recordarlo las

crónicas dictadas por el propio rey, acabara con las vidas de quienes se hallaban junto al Lago de los Susurros. «Poco mereció su título», pensaba Samir, que estaba convencido de que no había magnificencia alguna en el asesinato vil y cobarde de las gentes que se hallaban en ese momento durmiendo en aquel paraje.

Contaba la leyenda que, en medio del aquelarre, un unicornio blanco se había elevado de las aguas y había salido al galope en dirección a Aquidonia. Pero lo que esa misma leyenda ignoraba era que, a lomos de aquel unicornio, se hallaba un niño de apenas tres años, el único superviviente de la barbarie, que se agarraba con fuerza al animal mientras contemplaba cuanto lo rodeaba con ojos aterrados. Aterido y con hambre, el llanto del crío obligó al unicornio a detenerse en la frontera con el reino vecino y a buscar refugio en unas cuevas que entonces ni siquiera tenían nombre. El niño recordaría mucho tiempo después la voz de una mujer que le ofrecía algo de leche y pan mientras lo acogía en su seno como si fuera la madre que acababan de arrebatarle. Rescatado por aquellos brazos amables y generosos, jamás volvería a ver al unicornio que lo había salvado.

El recuerdo de aquella noche, a pesar de su corta edad, tampoco había de abandonarlo y pronto decidiría dedicar su vida al estudio del cielo y de las estrellas, a la búsqueda de respuestas en la naturaleza y en el tiempo y a cultivar esa ciencia que algunos llamaban magia y que para él no era más que una de las muchas formas en que se expresaba la vida.

Ahora que había alcanzado la misma edad que tenía Sören cuando ordenó aquella matanza, Samir recordaba lo que había sentido al descubrir las palabras del *Liber Noctis*, el manuscrito que daba respuesta a las preguntas que lo habían perseguido desde que era un niño. Aquel tratado era el único testimonio con el que contaba sobre la llamada *gens naturae unicae*, o estirpe de la naturaleza única, una raza de criaturas singulares que, sin semejanza física entre sí, constituían una familia de seres fabulosos cuya única misión era salvar al hombre de sí mismo. Animales de formas imposibles que aparecían en mitos y leyendas porque su belleza hacía difícil creer que fueran reales:

«Quienes son elegidos por los Seres Únicos han de saberse tan dichosos como infortunados, pues no es el azar quien decide su suerte, sino la importancia de su deber, que ha de cumplirse con la misma verdad con que fueron salvados».

Liber Noctis

Tractatus II. De gente naturae unicae

Bajo aquel críptico mensaje y en esas mismas láminas, delicadamente ilustradas por algún experto iluminador, Samir había reconocido muchos años atrás al unicornio que lo había salvado siendo un niño y que, si aquel libro no mentía, lo había rescatado de una muerte segura para que pudiese desempeñar una labor de la que alguna vez llegaría a ser consciente.

Durante mucho tiempo pensó que esa tarea era asesorar a Olav, el hijo de Sören, para evitar que acabase siendo tan cruel como lo había sido su padre. ¿Qué mayor castigo podía existir que convertirse en el aliado y consejero del heredero de quien había asesinado a toda su familia? Después creyó que su labor consistía en poner fin al terror que Alcestes había impuesto en el reino y, por último, que su misión era proteger a Malkiel, el nuevo monarca, y asegurar con él la paz futura. De alguna manera, Samir sentía que la muerte había marcado su nacimiento para que él marcase el futuro del reino con la vida.

Todo era cierto, pero las palabras del pergamino, las que aludían al sacrificio que exigía ser salvado por uno de los Seres Únicos aún no se habían cumplido. «Tan dichosos como infortunados» rezaba la profecía que, Samir era consciente de ello, estaba a punto de hacerse real. Él mismo se había ocupado de ello...

Porque el fuego que asolaba el reino jamás cesaría por muchos brazos y baldes de agua que se emplearan en aquella batalla. El viento que lo acompañaba nacía de la misma magia que había de ser la encargada de detenerlo y solo había un instrumento tan poderoso como para lograrlo. No sin pagar antes un alto precio por ello, se lamentó

Samir, pues no era posible que la magia interviniese sin llevarse algo consigo. Creación a cambio de destrucción. Luz a cambio de oscuridad. Vida a cambio de muerte. El trueque jamás resultaba ventajoso, pues la magia era experta en aprovecharse de la debilidad humana y esta vez tampoco había de ser una excepción.

Cuando llegó junto a Estrella a la Sala del Origen, le pidió a fray Theobald que los dejase solos y se retirase de allí con sus demás monjes copistas. El fraile opuso cierta resistencia, pero acabó accediendo a las órdenes de su reina y decidió que sumarían sus manos a quienes luchaban contra el incendio en las calles más próximas.

Una vez dentro, el anciano apenas tuvo que molestarse en buscar entre los estantes de la biblioteca. Una llama diminuta y blanca, imposible de apagar, lo condujo, como una luz de invierno en medio de la niebla, hacia el lomo del *Liber Noctis*. Aquel libro que, a pesar de su lujosa encuadernación en piel, no era más que una sección incompleta de una obra mucho mayor. Lo cogió con cuidado y, al abrirlo, pudo ver como el fuego se reflejaba entre sus páginas, borrando las letras que antes las llenaban. Buscó las últimas líneas y las leyó en voz alta para que Estrella pudiera escucharlas con claridad:

«Dos son los tratados de lo inefable y una sola la magia que nace de la suma de ambos. Y solo dos han de ser también quienes, sobresalientes por su fuerza y nobleza, podrán volver a unir lo que las tinieblas separaron».

Siempre había intuido que uno de aquellos dos misteriosos individuos viviría en el reino de los Tres Soles. Pero había equivocado el nombre de la persona a quien se referían aquellas palabras y, convencido de que buscaban a Malkiel, lo había educado en la pasión por la lectura y el estudio, creyendo que alguna vez necesitaría de su fe en los libros para pronunciar los versos que habrían de salvar a su gente. Por suerte, los hechos se habían ocupado de aclarar sus dudas y hacía ya muchas lunas que el anciano sabía que no era el rey quien había sido designado por la magia del *Liber Noctis*.

Era Estrella.

XIX

—Ha llegado la hora, mi señora —le anunció Samir con voz solemne—. Y, suceda lo que suceda, no podréis retroceder. ¿Me dais vuestra palabra?

A Estrella le costó responder. Había aprendido de él lo suficiente sobre la magia y sus leyes como para conocer el peligro que encerraba su respuesta. En su cabeza convivía el miedo por lo que pudiera ocurrir con la urgencia de despertar de la pesadilla en que se había tornado aquella noche eterna. Solo podía pensar en sus gentes, enfrentándose a las llamas, y en Malkiel, tratando de contener el ataque aquidonio con la ayuda de Walhard.

—Dadme vuestra palabra, majestad, os lo suplico.

—Mi leal Samir... —Lo acarició intentando contener las lágrimas que amenazaban con surcar su rostro—. Mi buen y fiel amigo...

El anciano se abrazó a ella con fuerza y trató de ocultar el miedo que, en ese instante, invadía su cuerpo. Cuando se separaron, repitió su súplica:

—Necesito que me deis vuestra palabra, mi reina: pase lo que pase, no os detendréis.

Estrella contuvo el aliento.

—Sea.

Samir acercó a ella la última de las páginas del *Liber Noctis*, donde figuraba el texto que, sin que Estrella pudiera saberlo, la mencionaba. Allí mismo, unas líneas más arriba, se podían leer unos versos que cobraban sentido por primera vez:

Al fin los sueños que huyeron de nuestras noches
regresarán al corazón donde nacieron.
Y los soles que abandonaron nuestros días
vencerán a las crudas huestes del invierno.
Al alba han de llegar cuantos marcharon.
Al alba olvidará su sed el fuego.
Al alba, cuando todo haya acabado,
habrá un recuerdo más y un genio menos.

—Leedlos en voz alta, majestad.

Estrella apretó los puños.

—Al fin los sueños que huyeron de nuestras noches regresarán al corazón donde nacieron...

Mientras las recitaba podía ver con horror como empezaban a desaparecer, lenta pero inexorablemente, los contornos de su amado maestro.

—Al alba han de llegar cuantos marcharon. Al

alba olvidará su sed el fuego.

Cada palabra se llevaba consigo la piel y el aliento de Samir, transformándolo en sombra de sí mismo.

—Al alba, cuando...

Estrella se detuvo intentando impedir lo inevitable.

—¡Seguid o todo habrá sido en vano! —le gritó el anciano con el último hilo de voz que le quedaba.

—Al alba, cuando todo haya acabado, habrá un recuerdo más y un genio menos.

Acabó de repetir aquellos versos con la voz rota y la mirada llena de lágrimas. Samir, de quien ya solo quedaban sus ojos almendrados, entornó los párpados en señal de aprobación y, justo en ese instante, se desvaneció por completo. La reina cayó de rodillas al suelo, derrotada por el dolor de la pérdida. Fuera, más allá de la Sala del Origen, había cesado el viento y las llamas que antes asolaban la corte desaparecían tal y como lo había hecho el cuerpo de Samir ante sus propios ojos.

Poco tiempo tuvo de recrearse, a pesar de la amargura, en la victoria sobre el incendio. El mismo viento que había cesado fuera acababa de hacerse presente dentro y, tras agitar con furia las estanterías, llevó a su presencia a alguien que se hallaba tan desconcertada como lo estaba Estrella.

—Sed bienvenida, Griselda —la saludó—. Aunque intuyo que esperabais tan poco mi presencia como yo la vuestra.

—¿Dónde estoy? ¿Con qué brujería me habéis traído hasta aquí?

—Con la misma con que habéis intentado devastar nuestro reino.

Se hizo un silencio tenso entre ambas. Las dos se percataron de que su rival tenía junto a sí la mitad del libro que les faltaba. Si en posesión de Griselda se hallaba el *Tractatus I. De fascinis imposibilis* (*De los conjuros imposibles*), era Estrella quien custodiaba el *Tractatus II*. Y las dos partes constituían un todo que nadie, hasta la fecha, había conseguido unir.

—Jamás os hubiera atacado si no hubieseis pretendido burlar mi confianza y conquistar territorios que no os pertenecen.

—Alguien ha debido engañaros —se defendió Estrella—. Jamás entró en nuestros planes atacar Aquidonia.

—Mal lo demostró vuestro esposo en su última visita.

—Injuria fue ese robo del que su emisario de paz no fue responsable.

—Mentís de nuevo. Igual que mintió el rey Olav sobre la muerte de mi padre.

—Si en verdad lo creéis así, probadlo.

—¿Y si demuestro tener razón?

—En ese caso, Griselda, asumiré el castigo más riguroso que queráis infligirme. Pero, si no es cierto, seré yo quien escoja cómo habremos de saldar nuestra deuda.

—Justo me parece —accedió Griselda, que no estaba dispuesta a ser menos valiente que ella—. Pero entonces se ha de demostrar la culpa o la inocencia según mis normas.

—Así lo haremos —asintió Estrella con idéntica resolución mientras Griselda le acercaba un minúsculo frasco.

—Bebed. Y no temáis, que no es veneno, sino filtro con el que hemos de saber si mentís o decís la verdad.

A pesar de las dudas, el recuerdo de Samir y la inquietud por Malkiel (¿habrían conseguido imponerse al ejército enemigo?) fueron estímulos suficientes para que Estrella llevara a sus labios aquel bebedizo: tanto sacrificio no podía haber sido en vano. Griselda aguardó a que Estrella bebiera hasta la última gota del contenido de aquel frasco, en el que había disuelto unas gotas de su filtro de la verdad, y solo cuando hubo acabado formuló la pregunta en la que había de revelarse la naturaleza mentirosa y traicionera del reino de los Tres Soles:

—¿Era vuestra intención arrebatarnos tierras y riquezas a las gentes de Aquidonia?

Una única y rotunda palabra fue la respuesta:

—No.

—¿Asesinó Olav a mi padre, el rey Hawart?

De nuevo, la misma contundencia:

—No.

—¿Nació de vuestra voluntad el tratado entre Trierce y el reino de los Tres Soles que hallaron mis hombres?

Y, por tercera vez, una sola verdad:

—No.

En ese mismo momento, consciente de que aquel filtro jamás erraba en sus respuestas, ca-

yeron sobre Griselda las sombras de la traición y de la mentira. La enfureció el descubrimiento de haber sido engañada y, peor aún, manejada como si fuera un títere en medio de un teatro de falsedades y desaciertos. Había estado a punto de acabar con la vida de cientos de inocentes por acusaciones que no respondían a la verdad, por mucho que el conde Bernard –maldito fuera aquel hombre que tanta oscuridad había llevado a su vida– las hubiese jurado como ciertas. Y lo peor es que la traición alcanzaba a alguien más. Alguien a quien consideraba un compañero leal y que, sin embargo, había presentado ante ella testimonios y documentos tan falsos como sus intenciones. Descubrir que Oswold había conspirado con el conde a sus espaldas hirió tan profundamente su orgullo como su confianza: en adelante, se juró Griselda, sería mucho más precavida.

—He estado a punto de repetirlo... Todo.

La muerte, tres generaciones atrás, que había sorprendido a sus gentes a orillas del Lago y que se había convertido en la semilla del odio entre ambos reinos había vuelto a hacerse presente ahora, con la única diferencia de que esta vez eran los aquidonios quienes se convertían en asesinos. Por fortuna, su acción no había llegado a consumarse: el *Liber Noctis*, de quien su padre siempre le habló como la llave que había de asegurar el porvenir, lo había impedido. La llave que un extraño personaje, de rasgos árabes y ojos almendrados, le había entregado a Hawart como premio a una buena acción muchos años atrás.

—Han querido indisponeros contra nosotros. —La voz de Estrella, lejos de sonar irascible, intentaba ser conciliadora—. Hombres que anhelan vuestro poder y que, como en mi caso, envidian el talento y la fuerza de la que carecen. ¿O creéis que ha sido fácil para una extranjera como yo ocupar un trono como este?

—No han de ser ellos quienes impongan sus leyes —le dio la razón Griselda mientras intentaba contener la cólera que, cada vez que pensaba en quienes le habían mentido, devoraba su corazón—. Nosotras los obligaremos a acatar las nuestras.

—La justicia está de nuestro lado —prosiguió Estrella—. Como lo están las páginas de este libro lleno de sabiduría antigua que esta noche ha querido salvarnos. Aliadas, y no enemigas, hemos de ser en adelante.

—¿Estáis insinuando que podéis perdonarme lo sucedido hoy? —A Griselda le costaba creer la benevolencia que demostraba la mujer a la que había considerado su enemigo.

—Mal gobierno sería el mío si contestase a vuestra violencia con más sangre. ¿No será mejor enterrar las armas que alzarlas de nuevo? —No había nada más urgente en el pensamiento de la reina que detener la batalla entre ambos ejércitos—. Sea vuestro castigo enviar brazos que puedan ayudarnos a reconstruir cuanto el fuego haya devorado, pues, por fortuna, no hay entre los nuestros vidas que lamentar. Ordenemos ahora a nuestros hombres que cese la batalla.

—Necesitaremos mensajeros que les hagan llegar la noticia.

—Cuento con el más veloz de todos —afirmó Estrella a la vez que Aldo, escoltado por su séquito de juglares, entraba en la Sala dispuesto a anunciar el fin del incendio—. Haced correr la voz con vuestros versos: urge que todos sepan que sus reinas han sellado la paz.

El joven recibió aquella noticia con la misma perplejidad con que había presenciado la extinción del fuego. Salió de allí sin decir una sola palabra (¿cómo habían conseguido verse las dos reinas sin que nadie supiera que se iba a celebrar ese encuentro?) y pidió a los demás poetas que recorriesen cada palmo de tierra a lomos de sus corceles y de sus versos:

Callad vuestras lanzas, bajad vuestras espadas,
llegado es el tiempo de empuñar las palabras.
Enmudecen las armas, la ceniza y las llamas.
Al rencor y la sangre sucede la esperanza

—Estos versos han de llegar hasta el último de los confines del reino. Hacedlos volar, compañeros.

Los juglares partieron dispuestos a cumplir sus órdenes y Aldo decidió que él mismo se ocuparía de llevar la buena nueva a su querido Malkiel.

Cuando volvieron a quedarse a solas, tanto Estrella como Griselda pudieron escuchar con nitidez una voz masculina recitando las palabras que abrían y cerraban las páginas del *Liber Noctis*. Las frases que ambas conocían –«Dos son los tratados…»– y que, de repente, parecían referirse a ellas –«sobresalientes por su fuerza y nobleza»–. Con el paso del tiempo, Estrella dudaría de si aquella voz, en la que estaba segura de haber reconocido a Samir, había sido real o una fantasía con la que intentaba mantener vivo en su corazón a aquel sabio a quien tanto había querido. Alguien que les pedía que volvieran a unir «lo que las tinieblas separaron».

Movidas por su instinto o, según prefería creer Estrella, por la calidez hipnótica de aquella voz, ambas reinas se acercaron lentamente hasta unir los dos tratados y componer, por fin, un solo libro que, en ese mismo instante, se cubrió de blanco, transformando la piel de su lomo en marfil y sus páginas, en láminas de oro. Las dos contemplaron con asombro el prodigio, pero no pudieron ver como, en ese mismo momento, el libro extendía su magia en ambos reinos.

Desde aquel instante, ya nada volvería a ser como lo habían conocido.

Un nuevo tiempo acababa de comenzar.

XX

Llevaban tantas horas luchando que, cuando las llamas se apagaron, ni siquiera fueron capaces de sentir alivio. El júbilo fue sustituido por la incredulidad (¿de verdad habían sofocado el incendio?) e, instantes después, por el agotamiento. Mujeres y hombres se abrazaban exhaustos tras la que había sido la noche más larga de sus vidas. El mayor prodigio, sin embargo, estaba a punto de suceder: las cenizas se elevaron y, ante la incredibilidad general, comenzaron a reconstruir cuanto había sido asolado por el fuego.

La magia intervenía de nuevo, pensó Laura y por un momento habría jurado escuchar la música que la perseguía, como si aquellas cenizas trazaran un baile ritual con el que devolvían al reino las formas que parecían perdidas para siempre. Esta vez, sin embargo, estaba segura de que no había sido ella la única fuente de aquella acción inexplicable sobre la que, en adelante, habían de circular toda suerte de leyendas. Relatos que ni Griselda ni Estrella desmentirían jamás, pues cuanto querían que se recordara de aquel momento era cómo ambas reinas habían firmado una paz necesaria y que quienes las hubieran de suceder en el trono deberían respetar. Sobre el *Liber Noctis*, que acordarían custodiar en un estante secreto dentro de la Sala del Origen, decidieron asegurar que había sido destruido en el incendio, pues temían que los secretos que albergaba pudiesen alentar la codicia de quienes prefiriesen la riqueza a la paz.

Instantes antes de que las llamas se apagaran, Malkiel seguía junto a Walhard, intentando contener el avance de los soldados aquidonios. La incorporación a sus filas de Oswold, que se había sumado a ellos justo cuando las fuerzas parecían más igualadas, había vuelto a recrudecer el combate, que se había convertido en una sucesión de enfrentamientos estériles cuyo único fin parecía ser desgastar a los contendientes. Ni siquiera la célebre destreza de Oswold, el Caballero del Yelmo Blanco, resultaba suficiente para contener la furia del ejército del reino de los Tres Soles, cuya fortaleza nacía de su miedo a perder todo cuanto tenían.

La lucha continuó hasta que, con las primeras luces del alba, las llamas se desvanecieron y, gracias a la unión del *Liber Noctis*, sucedió un prodigio que ninguno de los allí presentes pudo jamás explicar: los soldados de ambos reinos sintieron

cómo se entumecían súbitamente sus miembros, volviéndolos presos de una rigidez que les impedía seguir moviéndose. Malkiel notó, además, un dolor punzante en el costado, como si alguien lo atravesara con una lanza y le causara una herida cuya cicatriz siempre habría de acompañarlo. Fue incapaz de ponerle nombre, pero tuvo la fatal certeza de que, cuando regresara a palacio, habría alguien a quien ya no podría encontrar allí.

Oswold y Walhard, los capitanes de ambos bandos, quedaron libres del hechizo que había inmovilizado a sus hombres. Aquella, pensaron, debía de ser una señal divina, así que se dispusieron a decidir la suerte de ambos reinos enfrentándose en combate singular. Se lanzaron uno contra otro en lo que prometía ser una lucha formidable. La colosal fuerza de Oswold encontró un duro rival en la habilidad de Walhard, que aventajaba en táctica a su adversario. Los dos ejércitos asistían, sin poder mover un solo músculo, al duelo que había de decidir su suerte y sentían cada uno de aquellos golpes como si estallasen contra su propio cuerpo. Por eso Malkiel tuvo que sofocar un grito de dolor cuando su capitán, tras sufrir una severa estocada del Caballero del Yelmo Blanco, cayó al suelo. El cansancio había sido el mayor enemigo de Walhard, que yacía ahora a los pies de su caballo, esperando a que Oswold lo atravesara con su espada.

—¡Deteneos!

El grito provenía de un joven que corría hacia ellos. Malkiel lo reconoció tan pronto como se fijó en que le faltaba una de sus manos: se trataba de Darko.

—¿Cómo osáis...? —Oswold reaccionó enfurecido mientras sostenía su arma en el aire, dispuesto a ensartar a su oponente.

—¡Se ha firmado la paz!

—¿Este es otro de vuestros trucos, capitán?

—Tan poco sé de lo que habla como vos —contestó Walhard.

—¡Paz! —repetía el joven mientras se acercaba hacia ellos—. ¡Las reinas han acabado con la guerra del mismo modo que la mañana ha terminado con el fuego!

—Engaño hay en esas palabras, villano —Oswold se negaba a creer cuanto aquel desconocido les contaba—. ¿Cómo ha de conocer verdades que solo atañen a la realeza alguien tan vil?

—Porque las oyó de quienes las volvemos aire con nuestros cantos —dijo con seguridad una voz que Walhard y Malkiel reconocieron enseguida.

—¡Aldo! —lo saludó con alegría el rey—. ¿Cierto es que se ha firmado la paz?

—Verdad es cuanto mi nuevo y buen amigo Darko os ha contado. Las reinas nos han pedido a los juglares que recorramos cada rincón del reino para que todos dejen a un lado las armas y abracen este tiempo nuevo.

En ese mismo instante, las tropas de ambos bandos recuperaron la capacidad del movimiento y sus soldados se apartaron, aún recelosos, del enemigo, esperando instrucciones de sus generales, a quienes correspondía decidir si reanudaban la contienda o si atendían al deseo de tregua del que aquellos hombres eran mensajeros.

—Debéis vuestra miserable vida a la reina Griselda —repuso Oswold con gesto severo mientras Walhard se ponía de nuevo en pie—. Recordadlo.

Aldo sintió un escalofrío al oír aquella voz que, al igual que sus anchas espaldas y su extraordinaria corpulencia, le recordaba la del caballero de armadura oscura y rostro siempre oculto que lo había retenido contra su voluntad. El puño metálico que coronaba su brazo derecho no dejaba lugar a dudas. ¿Era, pues, la propia Griselda quien había ordenado su secuestro?, se preguntó el juglar. Si la respuesta resultaba afirmativa, estaban ante un acto alevoso y vil que nacía del mismísimo trono. Si la respuesta era un no, la reina había elegido como hombre de su confianza a un traidor que, escondiendo su identidad, movía los hilos en contra de la propia Griselda. Darko, que también había reconocido aquella voz, fue mucho menos discreto que Aldo y no pudo contener su furia contra quien lo había mutilado.

—¡No ha de haber paz alguna para vos!

—Calmad esos ánimos, joven —le instó Walhard.

Pero Darko, lejos de serenarse, alzó su brazo en señal de venganza:

—¿Os calmaríais vos si os hubieran cortado una de vuestras manos? ¿Si os hubieran obligado a cometer un crimen bajo amenaza de quitaros la vida?

—Fuisteis vos... —Malkiel acababa de darse cuenta de que se hallaban ante el verdadero responsable del secuestro de Aldo. Con aquel rapto había comenzado todo, convirtiendo el reino en lugar de discordia y enfrentamiento entre quienes buscaban una nueva vida y quienes se sentían amenazados por esa búsqueda—. Y seguro que también sabéis algo del robo de documentos del que fue acusado Francesco, ¿me equivoco?

—Seáis rey o no, no he de tolerar ni un instante más vuestras calumnias —se defendió Oswold.

Sin embargo, ya no importaba lo que pudiera decir. En la mente de Malkiel, el Caballero del Yelmo Blanco acababa de convertirse en la mano ejecutora que pretendía acabar con ambos reinos. Porque tan peligrosas habían resultado sus acciones para los suyos como para la propia Griselda, a quien debilitaba y obligaba a afrontar guerras contra reinos que podían haber sido amigos.

—Apresadlo. Que sea su reina la que dicte qué se ha de hacer con él.

—Jamás pondréis vuestras sucias manos sobre mí.

Los intentos de los hombres de Walhard para detenerlo resultaron inútiles. Mucho más diestro con las armas y mejor jinete que cualquiera de ellos apenas tuvo que esforzarse para abrirse camino y huir del lugar, dejando atrás tanto a sus tropas, que aún no eran capaces de asimilar cuanto habían visto, como a las huestes enemigas, que no lograron retenerlo tal y como les había ordenado su capitán.

«He de informar al conde cuanto antes», se repetía Oswold en su veloz carrera, sin ser consciente de que, cuando llegara a la corte aquidonia, se encontraría con que Bernard había sido convertido en una más de las víctimas de aquella infausta noche.

Durante años se hablaría de cómo el noble traidor que había pretendido aprovecharse de la ausencia de la reina para aliarse con quienes recelaban de su poder, había sido descubierto en su lecho la mañana siguiente al incendio convertido en un puñado de cenizas. La magia del *Liber Noctis*, una vez más, se cobraba con una vida las víctimas que exigían sus sortilegios.

Muchas serían también las futuras embajadas destinadas a buscar a su cómplice, aquel caballero que se había revelado como el más desleal de los hombres y a quien Griselda jamás podría perdonar que hubiese pisoteado con tanta saña su confianza, pero la tierra parecía haberse tragado a Oswold, de quien nadie era capaz de dar noticia. Por si acaso, convencida de que aquel reencuentro acabaría sucediendo, la reina comenzó a dormir con una daga bajo la almohada. Confiaba en no tener que emplearla, pero el frío del acero que se dejaba sentir a través de las sábanas la ayudaba a conciliar el sueño que empañaba la desconfianza. Llegaría el tiempo de enfrentarse a aquel caballero y, cuando eso ocurriese, estaría preparada para hacerlo.

Epílogo
La edad de marfil

Fueron unos festejos extraños. Ni siquiera los más ancianos del lugar recordaban unas jornadas donde la alegría se hubiese entretejido de manera tan íntima con la tristeza.

Con aquellas justas y juegos florales Malkiel y Estrella habían decidido, junto a Griselda, celebrar públicamente la firma de una paz con la que se ponía fin al tiempo anterior, que había de conocerse en adelante como la edad de la ceniza, y se iniciaba un tiempo nuevo, bautizado como la edad de marfil en honor al *Liber Noctis*, que había conseguido unir reinos y voluntades.

A pesar de los brillantes poemas de los juglares y trovadores y de las gestas de los esforzados caballeros, que dieron muestra de su valentía en cada torneo, la mirada de los tres reyes estaba atravesada por heridas que, si bien nacían de causas diferentes, los sumían en idéntica melancolía.

La herida de la traición en Griselda, a quien le provocaba un agudo dolor saberse engañada por Oswold, aquel vasallo a quien había considerado, en verdad, un amigo.

Y la herida de la ausencia en Estrella y en Malkiel, que sentían que con el sacrificio de Samir desaparecía el más querido de sus consejeros y, en el caso del rey, el último de sus lazos familiares. Pues no en vano había querido al anciano tanto como a su propio padre.

—Quizá sea tiempo de que esos vínculos se renueven —intentó consolarlo Estrella mientras lo acariciaba con ternura, aprovechando un instante en que, distraídos por los juegos y la música, nadie los miraba.

—¿Y cómo podremos sustituir a quienes nos faltan? —se lamentó él, incapaz de dominar la honda amargura que lo acompañaba.

—Nadie puede reemplazar a quien se va, pero siempre podemos encontrarlo en cuanto dejó en nosotros. Tendremos que esforzarnos por estar a la altura de su legado.

Malkiel asintió y, aunque la herida seguía abierta, esbozó por primera vez en días algo parecido a una sonrisa. Un gesto que la reina interpretó como un primer paso en el largo camino que les aguardaba y que decidió sellar con una buena nueva que el rey ni siquiera sospechaba.

—Tarea nuestra es que sus enseñanzas no solo sigan vivas en nosotros, sino también en quienes nos sucedan...

Estrella llevó su mano con suavidad hasta su vientre y Malkiel, transido de una emoción que ni siquiera había imaginado que pudiera llegar a sentir, la rodeó hasta que se fundieron en un abrazo que nacía de la ilusión por cuanto había de venir y, también, de un profundo agradecimiento por cuanto habían conseguido juntos.

Griselda, desde lejos, observaba aquella estampa sin ser vista y recordó la promesa de su padre, que siempre la había protegido, a pesar de las insistencias de la nobleza, de un matrimonio contra su voluntad.

—No permitiré que seas tan desgraciada como yo —le aseguró cuando, siendo niña, tuvo que darle la noticia de la desaparición de su madre—.

Ni consentiré que la hagan desgraciada tampoco a ella.

Tardaría mucho en comprender aquellas palabras, con las que su padre le confesaba que no pensaba castigar a la mujer que lo había abandonado –tal y como exigían las leyes aquidonias, inflexibles en su juicio acerca de las obligaciones de la reina–, pues decía sentirse incapaz de culpar a quien le había sido entregada sin que ninguno de los dos tuviera voluntad alguna en ello.

—Muchos enemigos ha de costarme mi decisión, hija mía, así que es tu deber estar prevenida contra ellos, pues juntos hemos de convencerlos de que es fuerza que sea una heredera y reina quien los gobierne, sin que para ello necesites matrimonio alguno.

Ahora, más que nunca, Griselda estaba convencida de que solo se debía a sí misma y no permitiría que nada ni nadie pusiera en duda ni su voluntad ni cuanto había inculcado en ella el rey Hawart. No compartiría su lecho ni su trono hasta que no descubriera a alguien en quien pudiese contemplar el mismo brillo que adivinaba en los ojos de Malkiel cuando miraba a Estrella y de Estrella cuando miraba a Malkiel. Un brillo idéntico al que había sorprendido entre Gerhard, uno de sus trovadores, y Francesco, el emisario a quien habían culpado de un robo que no había cometido. Griselda se prometió que guardaría su secreto, pues temía que ninguno de los dos reinos estuviera preparado aún para conocer su verdad. ¿Cuánto tiempo había de transcurrir para algo así?, se preguntó, y confió en que los años se encargaran de seguir abriendo caminos, del mismo modo que la recién nacida diplomacia, la nueva edad blanca, sustituía al acero y la sangre de la edad de la ceniza.

Griselda no era la única poseedora de aquel secreto: también lo había descubierto Aldo, para quien Francesco era como un hermano y a quien admiraba como poeta y orador. No en vano había propuesto que fueran él y fray Theobald quienes se encargaran de escribir las crónicas de aquellos días, de modo que elaborasen juntos el relato que, en adelante, habían de recordar cuantos quisieran conocer la verdadera historia del reino.

Ambos recibieron aquella petición con orgullo, pues sentían que les habían encomendado construir la que había de ser la muralla más poderosa e impugnable de todas, la que se elevaría en la memoria de las gentes, preservando así la paz que ahora celebraban. Solo necesitaban encontrar el modo de que sus palabras alcanzaran también el corazón del pueblo y entonces, o eso creían, sería mucho más difícil que surgiera un nuevo maese Nicolás capaz de convertirlos en títeres de sus pre-

tensiones. Y cuando Francesco pensaba en la importancia de la tarea que le había sido destinada, notaba cómo la voz de su padre –su vergüenza, su rabia, su indignación por el hijo que jamás había sido– enmudecía por primera vez. Ojalá –deseó el juglar–, para siempre.

Laura, que permanecía apartada del bullicio, observaba a quienes allí se habían congregado con una mezcla de alivio e inquietud. Alivio porque habían salvado de nuevo el reino e inquietud porque había descubierto en su interior una fuerza que se preguntaba cómo podría aprender a manejar. Aún no se lo había confesado a Aldo, pero tan pronto como cesó el incendio y pudo regresar a sus aposentos, descubrió algo insólito entre sus pertenencias. Uno de sus vestidos, el mismo que llevaba la noche en que fue liberada por Bragante y su música

–siempre la música–, estaba sobre su cama, como si alguien hubiese querido dejarlo allí, bien visible, de modo que pudiera observar cómo habían bordado en su espalda, con hilo de plata, la silueta de un gigantesco tilo. Lo ocultó en el baúl donde lo había guardado hasta entonces sin entender bien nada de todo aquello, pero con la intuición de que, tarde o temprano, ese tilo, ese vestido y esa música volverían a su vida. Ojalá pudiera preguntar a Samir por aquellos sucesos. Ojalá tuviera junto a sí al anciano para que la ayudara a entender qué le estaba ocurriendo. Pues sospechaba que cuanto ignoraba de sí misma y de sus orígenes podía ser la explicación de la mujer en que creía que, a causa de la música y su magia, había empezado a convertirse.

—Estás hoy muy lejos, Laura —la abrazó Aldo y ella se dejó llevar por la calidez que él le ofrecía, buscando en el cuerpo del hombre a quien amaba un refugio donde cobijarse en aquella jornada en que sentía que su vida había cambiado para siempre.

—Lo extraño tanto... —dijo y el juglar asintió, emocionado, ante la mención de quien hoy no podía acompañarlos—. El reino nunca será el mismo sin Samir.

En ese instante, tal y como relatarían fray Theobald y Francesco da Ponte en sus crónicas, una nube de ceniza tan blanca y brillante como el marfil, emergió de las profundidades de la tierra y, ante la vista de todos los presentes, dibujó la inconfundible silueta de un unicornio. El animal, con la solemnidad que correspondía a cualquier miembro de la estirpe de los Seres Únicos, se arrodilló ante la reina y dejó que Estrella, con los ojos rasados por la emoción, lo acariciase. Los testigos del prodigio contuvieron la respiración mientras, entre todos ellos, galopaba un unicornio blanco que, antes de que pudieran reaccionar, solo había dejado tras de sí la estela plateada de sus huellas y la majestuosa imagen de su recuerdo.

Nando López

Autor

Nando López (Barcelona, 1977) es novelista, dramaturgo y Doctor Cum Laude en Filología Hispánica. Considerado como «una de sus voces más sobresalientes de su generación» (*ABC Cultural*), fue finalista al Premio Nadal 2010 con *La edad de la ira* y en su trayectoria narrativa destacan títulos como *Cuando todo era fácil*, *El sonido de los cuerpos*, *Las vidas que inventamos* o *La inmortalidad del cangrejo*, además de novelas con gran éxito entre el público juvenil como *El reino de las Tres Lunas*, *Los nombres del fuego* o *Nadie nos oye* (publicadas por Loqueleo). Como dramaturgo ha estrenado sus obras en diversos países (España, Panamá, Venezuela, Estados Unidos...) y entre ellas figuran títulos de temática adolescente (*#malditos16*, candidata al Premio Max a Mejor Autor Revelación, *Nunca pasa nada*, *Saltar sin red*, *Las trampas del silencio* o

La edad de la ira, basada en su propia novela); monólogos (*Los amores diversos, Tour de force*); comedias dramáticas (*Cuando fuimos dos*, *De mutuo desacuerdo*); obras coescritas con otros autores (*Barro*, junto a Guillem Clua, *Federico hacia Lorca*, junto a Irma Correa); versiones libres de textos clásicos (*Desengaños amorosos, Las harpías en Madrid*, presentadas en el Festival Internacional de Teatro de Almagro) y adaptaciones (*Yerma*, de Lorca o *Don Juan Tenorio*, de Zorrilla, ambas estrenadas en el Gala Theatre de Washington).

Aquí acaba este libro
escrito, ilustrado, diseñado, editado, impreso
por personas que aman los libros.
Aquí acaba este libro que tú has leído,
el libro que ya eres.